マドンナメイト文庫

推しの人気声優 深夜のマル秘営業

羽後 旭

目次
contents

推しの人気声優 深夜のマル秘営業

第一章　女性上司の誘惑

1

「おはようございます。これ、来週の台本です」

館林航平《たてばやしこうへい》はスタジオに着くやいなや、カバンから台本の入った茶封筒を取り出した。壁かけ時計は午後の三時をまわろうとしている。

「ありがとうございます。わあ、三本もいっしょにあがってきたんですね」

茶封筒の中身をのぞいて、弓原彩音《ゆみはらあやね》がにっこりとした。彼女の周囲に細かい光が瞬いたかのように錯覚してしまう。

（うっ……弓原さん、今日もめちゃくちゃきれいだな……っ）

初めて会ったときから今このときまで、彩音への感想は少しも変わらない。彼女は絵に書いたような、いや、絵などを軽く超越するくらいの美人だ。

黒くて長いストレートの髪はツヤツヤで、上質なシルクを思わせる。対して肌は真っ白で、その対比が目を眩《くら》ませた。

左右に対象なアーモンド形の目はくっきりとした二重瞼《ふたえまぶた》を添えていて、長いまつ毛が大人の女としての色気を醸し出す。スラリとした鼻すじに潤いを湛《たた》えたピンクの唇と、その美貌は男女問わずすべての人間に陶酔のため息を漏らさせた。

(さすがはトップ声優だ。でも、彼女のすごさは見た目だけじゃない。むしろ、そんなのはおまけみたいなもんなんだよな……)

生き馬の目を抜く声優業界で、彼女を人気声優たらしめているのは、声優としての卓越した演技力である。

少年役から貞淑なお嬢様の役まで、まるでキャラクターが乗り移ったかのような演技は誰しもが認めるものだ。

アイドル化著しい昨今の声優であるが、基本は演者だ。その基本がずば抜けているからこそ、弓原彩音は押しも押されぬトップ声優の地位にいるのである。

「そういえば……」

航平が腑抜《ふぬ》けていると、彩音が声をかけてきた。

マズいと思ってハッとする。

「な、なんでしょう？」

「今度の日曜日のイベントですけど、あれは館林さんもいらっしゃるのですか？」

イベントとは、彼女がメインヒロインのひとりを務める女の子向けアニメのものである。二十年近く続くシリーズもので、いわゆる悪と戦うヒロインものだ。

「ええ。僕が行きます。あの担当は僕ですから」

「そうですか。日曜日なのに大変ですね。ありがとうございます」

そう言って、屈託のない笑みを浮かべる。

それだけで航平は天にも昇る心地だった。休日出勤の憂鬱さもあっという間に霧散する。

(弓原さんが労《いたわ》ってくれるなら、僕は休みなしでもいいくらいだ……っ)

実際、この業界で働くというのは、非常識な働き方をするということである。イベントなどでの休日出勤は当たり前だし、朝方までの接待も日常茶飯事だ。家に帰るだけの時間的余裕がないので、ネット喫茶や個室ビデオ店には何度お世話になったかわからない。

好きなだけではやれないが、一方で好きでなければやれない仕事。それが航平が身を置く声優マネージャーという仕事なのだ。

「弓原さん、そろそろ」

彩音を呼ぶ声がして、彼女はくるりと顔を向けた。

少し遅れて、豊かな胸のふくらみがたぷんと揺れる。艶やかな黒髪もさらりと流れた。甘い香りが漂って、航平の胸中は乱される。

(美人なだけでも反則級なのに、おっぱいまで大きいとか……なんていうか、もうズルいよな)

身体つきは細いのに、出るところはしっかりと出ている。特に乳房の大きさは目立っていて、視線を向けないようにするのが大変だ。

(いったい、何カップなんだろう……ていうか、どんなおっぱいなんだろうか……)

「すみません、そろそろ収録が始まるので行きますね。お疲れ様ですっ」

「あっ、ええっ。お疲れ様ですっ」

彩音は何度か会釈しながら小走りに離れていって、やがて重そうな扉の奥へと消えた。

(いけない、いけないっ。仕事中に、しかも所属してる声優相手に、なにを考えてる

んだっ）

　この声優業界にはひとつの不文律が存在する。

（声優と交際するならば、結婚するかどちらかが業界を去れ、か）

　勤務初日に直属の上司に言われたことだ。忘れるはずがない。

　実質的にはご法度ということである。

　彼女たちはビジネスパートナーであり、あけすけな言い方をすれば自分たちの「商品」なのだ。そんな大切なものに邪《よこしま》な感情を抱くのは許されない。

（でもな……やっぱり女性として魅力的すぎるんだよなぁ……）

　子供の頃から何人かの女性に好意を抱いたが、ここまで魅了されたことはない。

　航平は完全に心を奪われていた。勤務初日に会ったときからのひとめ惚《ぼ》れである。

（こんなかたちで出会わなければ……いや、そもそも出会ったところで、なにもできないか……）

　優柔不断で、今まで異性に告白すらしたことのない自分になにができる。

　あれだけの女性にふさわしいのは自分などではない。もっと立派で、自分など比較にもならないような、ハイスペックな男こそ彼女の横にいるべきなのだ。

（それに……僕はとんでもないことをしているんだ。彼女を想うのは、彼女を穢《けが》すことになってしまう……)

ズキリと、胸が痛んだ。仮に彩音が自分の秘密を知れば、きっと心の底から軽蔑するであろう。

(……とりあえず行くか。まだ仕事がたまってるし)

暗い気持ちでため息をついて、航平は踵《きびす》を返した。

2

時計は午後十時を過ぎていた。

民放キー局にほど近い事務所には、航平を含めて数人のマネージャーが今も仕事の最中だ。

(疲れたな……ちょっと、ひと休みするか)

書類を置いてから背伸びをする。

所属する男性声優のインタビュー記事を校正している最中だった。アニメ雑誌や声優雑誌、最近ではまったくジャンルの違う雑誌からもインタビューの依頼がある。それらを原稿のチェックをするのもマネージャーの仕事だ。

（変なこと言って、そのまま記事にされたら炎上しかねないからな……）

ちなみに今チェックした文面には、ボーイズラブへの偏見と取られかねない部分があり、慌てて赤ペンで削除指示を書いたばかりだ。

（なんで言わなくてもいいようなことを言っちゃうかなぁ……）

男性声優にとって、ボーイズラブ作品、特に音声ドラマ作品はなくてはならないものである。

ジャンルがジャンルなので、好き嫌いがはっきり分かれるのはしかたがないが、プロである以上はユーザーを満足させなければならない。個人の好き嫌いはわきへと置いてもらわねば困るのだ。

「はぁ……参っちゃうなぁ……」

コキコキと肩を揺らして給湯室に行く。すっかり煮つまったコーヒーサーバーに手を伸ばし、紙コップに注いでいると、背後に人の気配があった。

「お疲れ様。どう、校正は順調？」

「お疲れ様です。はい、あともうちょっとで終わるかと」

航平がそう答えると、声の主――行本《ゆきもと》早奈恵《さなえ》は満足そうに頷《うなず》いた。

「校正って面倒くさいわよね。私もいつもいやになっちゃう」

そう言ってから、ふふふっと笑う。

(主任、相変わらずデキる女って感じがすごいよなぁ……)

早奈恵は、航平にとっては直属の上司に当たる。新人の頃から指導を受け、今も相談に乗ってもらうことは多い。

見た目どおりに優秀なマネージャーだ。この世界はラフな格好をしている人間が多いが、彼女はいつもピッシリとスーツを着こなしている。まさにバリバリのキャリアウーマンを絵に描《か》いたような女性だ。

(それに……本当に美人なんだよな……)

少しつりぎみの目には、くっきりとした二重瞼を添えている。スマートな鼻すじと薄めの唇は、知的な美しさを醸し出していた。

黒い髪はツヤツヤで三つ編みのアップにまとめている。白い首に後れ毛が映えていて、航平は入社時から今でも感嘆のため息をつかずにはいられない。

「もう今日はそれで終わりでしょ。まだなにか残ってる?」

「いえ。残ってないと言えば嘘《うそ》ですが、今日しなければならないものはないですね」

「そう……じゃあ、今日どうかしら?」

早奈恵が、スッと寄ってくる。きれいにグロスを塗った唇が耳もとに添えられた。

三つ編みでアップにした黒髪からは甘い香りが漂う。

「……もうホテルは取ってるから」

囁《ささや》く声は淫靡《いんび》だった。

ちらりと彼女の顔を見る。誰しもが美人だと評する相貌は期待をにじませている。

「……わかりました」

ジワリと、良心に痛みが染みる。一方で、下半身には甘い痺《しび》れが生まれていた。理性と本能との葛藤は、いつも本能が勝ってしまう。

「じゃあ、私は先に出るから。いつものところで待っているわ」

蠱惑《こわく》的な笑みを浮かべて、早奈恵は自らのデスクへと戻っていった。

（今日も断れなかった……いや、断るどころか、期待してしまった……）

上司と部下の関係でいなければならないはずなのに、そんな考えは簡単に流されてしまう。こんなふしだらな人間になるために、働いているわけではないというのに。

（今、こうやって考えていたとしても……その場になったら忘れてしまうんだ……最低だな）

己のあさましい姿を予見して、航平は飲みほした紙コップを握りつぶした。

3

ビジネスホテルの浴室に、男と女の熱い吐息が響いていた。

立ちこめる湯気のなか、泡まみれのふたりが互いの身体を弄《いじ》っている。ときおり、女の甘い声があがっては、白い肌が震えていた。

(恋人でもないのに、こんなこと繰り返して……でも、しかたがないんだ……主任の……早奈恵さんの身体が欲しくてたまらない……っ)

航平は心の中で言い訳をしつつ、早奈恵の裸体を堪能《たんのう》する。

熟れはじめた肉体は、甘美なことこのうえない。肌理《きめ》の細かい白肌は潤いは、もちろん弾力を失っていなかった。

「はぁ……航平くん……触り方がエッチで素敵……ねぇ、もっと触ってぇ……」

早奈恵は甘ったるい声で懇願しながら、航平の背中を撫でまわす。

すっかり発情しているのだろう、表情は恍惚《こうこつ》として、女の子座りの下腹部は妖しく緩慢に揺れ動いていた。

「早奈恵さんも相変わらずエッチすぎですよ……おかげで、もう僕のは……うぐっ」

「ふふっ……すっごくビクビクしちゃってるね。はぁ……航平くんのおち×ちん……私で初めてを経験してくれたおち×ちん……とってもかわいい……」

いきり立つ肉棒に指をからめてねっとりと撫でまわす。ボディーソープのヌルヌルした感触と、女に触られる高揚感とで、勃起は力強く戦慄《わなな》いた。

(初めて早奈恵さんとエッチしてから……いったい、どれだけの回数を繰り返してきたんだろう……)

半年前のことだった。早奈恵と飲んでいた航平は、そのときの雰囲気に流されて彼女と身体を重ねてしまった。航平にとっては初めてのセックスで、つまり早奈恵は筆おろしの相手だった。

「今日もいっぱい出してね……全部……受け止めてあげるから……」

甘ったるいため息をついて、早奈恵は手筒を上下させる。強すぎず弱すぎずの絶妙な力加減で、航平の牡欲を確実に引きずり出す。

「あ、ああっ……早奈恵さん……あんまりされると……」

「うふふ……出したかったら、出していいのよ。我慢なんかしないで、思いっきり射精してね。航平くんは何回も射精しないと満足できないでしょ……」

早奈恵の擦過が徐々に速まり、クチュクチュと卑猥《ひわい》な音色が奏でられる。

勃起は脈動を繰り返し、泡にはカウパー腺液が混じりはじめた。からまるソープは粘度を増してくる。

(ううっ。気持ちよすぎる……早奈恵さん、どうしてこんなに上手なんだ……っ)

年の功なのか、それとも彼女が隠し持っている卑猥さゆえのものなのか。与えられる愉悦に、航平は流されるままである。

「硬くて、太くて……ずっとビクビクしてて……あぁ……たまんなくなっちゃう……んちゅ」

肉棒を愛《め》でながら、早奈恵が口づけを施してきた。

すぐに舌が挿しこまれ、ねっとりとからんでくる。唾液は蕩《とろ》けるほど甘かった。

「はぁ……もっとからめて。私の舌を吸ってぇ……」

言われるがままに粘膜を吸い、唇で挟んで舐めまわす。

それだけで早奈恵は悩ましい声を漏らして、ビクビクと白い身体を震わせた。

(おっぱいが……ああ、乳首がパンパンになってる……)

ほどよいサイズにふくらむ双丘はきれいな釣鐘形を描いていて、まさしく美乳と言うべきものだ。泡にまみれて照りながら、ふよふよと揺れている。

下乳からすくい取り、ゆっくりと揉みまわす。

「はぁ……そう、おっぱいもたっぷり揉んで……あぁ……っ」

真っ白な曲面は滑らかで、乳肉はため息が漏れるほどに柔らかい。ボディーソープのぬめりも手伝って、揉み心地はあまりにも甘美だ。

「はぁ……僕、早奈恵さんのおっぱい、とても好きです……ずっと揉んでいたいくらいです」

「ああん、うれしい……このおっぱいは航平くんのものだから……だから、好きなように……あうん！」

乳首に触れると、早奈恵が首をのけ反らす。肉棒を包んだ細指がキュッと締めつけを強くした。

（乳首、カチカチだ……ああっ、たまらない……っ）

グミのような感触に耽溺《たんでき》し、強弱を交えて弄りつづける。

乳輪も含めて撫でまわし、摘まんでは指の腹で転がして、グニグニと左右にねじる。

そのひとつひとつに早奈恵は鋭く反応して、愉悦に顔を歪《ゆが》めては白い身体をくねらせた。背中にまわしていた片手が爪を立てて、カリカリと引っかいてくる。

「ああっ、はぁ……んっ。それ、すごくいいの……っ。ああん、上手ぅ……っ」

からめる舌の動きが激しさを増す。口腔《こうこう》だけでなく口まわりをも舐めまわし、互いが互いの涎《よだれ》にまみれてしまう。

それでも、彼女は濃厚な口づけをやめようとせず、貪欲に粘膜を求めてきた。

（ああっ、そんなに扱《しご》かれたら……ううっ）

牝欲の昂《たかぶ》りに合わせて、早奈恵の手淫がますます苛烈なものになる。

キツさを増した手の中で、勃起は狂ったように脈動していた。もし、今も航平が童貞だったら、あっという間に果ててしまっているだろう。

「うふふ……っ。おち×ちん、もう限界かしらね。じゃあ……」

早奈恵は卑猥な笑みを浮かべると、洗い場の床に航平を押し倒す。持ちこんだバスタオルを頭の下に押しこんでから、仰向けの航平に覆いかぶさってきた。

「イキそうになってる航平くん、かわいい……いっぱいいやらしいことしてあげたくなっちゃう……」

すっかり蕩けた表情で見おろす早奈恵が、柔舌をねじこんでくる。先ほど以上に深くまで侵入し、口内のあらゆる部分を大胆に舐めてきた。

「ん、んぐっ……んぷっ……んあ、あっ」

早奈恵の口腔に航平の呻《うめ》きが響いた。

泡まみれの女体が航平の前面を滑りはじめる。クチュヌチャと淫猥な音色が、身体のあちこちから奏でられた。

（ただでさえスベスベの身体なのに、ヌルヌルまで加わって……何度されてもたまらない……っ）

早奈恵のソーププレイはこれが初めてではない。何度かされては、そのたびに愉悦に悶《もだ》えた。身体が二、三度往復しただけで大量に射精したこともある。

「あぁっ……おっぱい擦《こす》れて気持ちいい……はぁ……もっとエッチな気分になっちゃう……」

早奈恵の吐息はより熱くて大きなものになっていた。繰り返す間隔は徐々に狭まって、激しいものへと変化している。

硬くふくれた乳頭が胸板に擦れる感覚が煩悩を沸騰させる。早奈恵が甘い嬌声を響かせているのもたまらなかった。

（ヤバい……っ。これ以上されたら出るっ。もう我慢できないよ……っ）

視覚と聴覚、嗅覚すらも甘美に浸り、肉棒にはいよいよ限界が迫っていた。暴れるように跳ねあがり、滑る早奈恵の下腹部をペチペチと何度もノックしてしまう。

「もう出ちゃうのね。いいわ、出してっ。射精するとこ、見ててあげるっ」

淫靡に顔を綻ばせ、早奈恵が下半身へと滑っていく。

はちきれそうな剛直にまろやかな乳房を押しつけてきた。濡れて輝く白丘に裏スジが擦られる。柔らかさと弾力に包まれて、ぬめる感触も加われば、もはや耐えられるはずもない。

下腹部の奥底が決壊する。

「ああっ、で、出るっ……うあ、ああっ」

爆発的な射精感に腰が突きあがった。

肉棒が乳肌を滑るや、一気に白濁液を噴出する。あろうことか、早奈恵の顔面に命中した。そのまま勢いよく、大量の精液を浴びせてしまう。

「きゃっ。すごい、ホントにいっぱい……っ」

早奈恵は驚きはするも、いやがるそぶりは少しも見せない。それどころか、噴きあがる精液を求めるかのように、しっかりと鈴口に顔を向けていた。

やがて、射精がおさまって、航平に気怠《けだる》さが訪れる。腰が着地し、ハァハァと荒い吐息を響かせた。

（しまった……早奈恵さんの顔に、思いっきり射精してしまった……）

申し訳なさに襲われつつ、ぼんやりした瞳で彼女を見る。

瞬間、目の前の光景に絶句した。

「はぁ……とっても濃い……これ、好きぃ……」

口まわりに付着した白濁液を、早奈恵の柔舌がからめ捕る。口に含んで嚥下《えんか》すると、ほぅと熱いため息を漏らして陶酔していた。

（また、そんな表情見せて……）

色欲に酔った早奈恵の表情は、何度見てもたまらない。射精を終えたばかりだというのに、早くも股間の奥底が疼《うず》いてしまう。

「あぁ……航平くんの精液、とってもおいしいの……もっと欲しいって、思っちゃう……」

口まわりの精液がなくなると、鼻すじや頬《ほお》、瞼に浴びせられた白濁液を指ですくい取っては口へと運ぶ。

指ごとしゃぶって、うっとりしながら堪能していた。フェラチオのまねごとのように、指を抜き挿ししながら舌を伸ばしてねっとりと舐めている。

（なんていやらしいんだ……ふだんはあんなにクールでかっこいいのに、エッチのときは別人のようだな……）

仕事で見せる表情と色事に耽《ふけ》る表情とのあまりのギャップに目眩《めまい》がしそうだった。

相反する二面性が、航平の思考を溶けさせる。

「んふ……もうおち×ちん、ピクピクしてる……そうだよね、手や身体でシコシコされても満足できないよねぇ……」

早奈恵は大方の精子を飲みほすと、酔いしれた顔を浮かべてゆらりと揺れた。

硬さを取り戻した肉棒を指先でくすぐってから、ヌルヌルと身体を再び滑らせる。

「さ、早奈恵さん、もう入れたくてしかたがないんです……っ」

たまらず航平は懇願してしまう。彩音を想うことへの罪悪感を押しのけて、牡の本能が沸騰していた。

「入れたいのかぁ。ふふっ、どこに入れたいの。どこで今度はおち×ちん、気持ちよくなりたいのかなぁ？」

からかう口調はすっかり淫蕩《いんとう》なものになっている。なめらかで真っ白な肌は、浴室内に充満する発情の熱で桜色に染まっていた。

放たれる魅惑のフェロモンに、航平は早奈恵が求める答えを叫ぶ。

「お、おま×こです……おま×こに入れたいです。早奈恵さんのおま×こで気持ちよくなりたいです……！」

「うふふっ、よく言えました。じゃあ、航平くんのお望みどおりに……あ、ああっ」

ボディーソープと淫液とでぬめる股間が、そっと切っ先に降りてくる。

瞬間、亀頭が熱く蕩けた粘膜に包まれた。無意識に勃起は跳ねあがる。

「あ、あぐっ……おま×こが……あぁ……っ」

「はぁ、ぁっ……そうだよ、航平くんでトロトロになったおま×こだよ。あう、っ……すごい、押しひろげられて……あ、あぁん！」

グズグズに溶けた牝膜は、あっという間に肉棒のすべてをのみこんだ。先端から根元までが、灼熱《しゃくねつ》の坩堝《るつぼ》に焦がされる。

（おま×こ、相変わらず気持ちいい……っ。こんなのを経験したら、抗《あらが》うことなんてできないよ……っ）

愉悦に歯を食いしばりつつ、湯気の中に浮かぶ早奈恵の姿を仰ぎ見る。

せつなそうに眉をゆるめてプルプルと震えていた。瑞々《みずみず》しい唇は半開きになり、不規則に熱い吐息を漏らしている。

「あぁっ……入れてるだけで気持ちいい……ふふっ、おち×ちんがビクビクしてるの、よくわかるよぉ……」

早奈恵はそう言うと、蕩けた微笑《ほほえ》みで顔をのぞきこんでくる。

意識的なのか無意識なのか、膣膜は強弱を交えて収縮し、肉棒には愉悦が絶えず生み出されていた。

「僕も気持ちいいです……ち×こが勝手に震えてしまって……」

「はぁ、ぁ……うれしい……私のおま×こで、今日もたっぷり気持ちよくなってぇ……っ」

卑猥に囁くと、早奈恵がゆっくりと腰を動かした。

ぬめった結合部がグチュっと淫らに蜜鳴りを響かせる。

「あ、あっ……すごいの……っ。おま×この中、全部が押されて気持ちいい……っ」

腰の揺らぎが徐々に激しく、力強いものになる。

加えて、股間の押しつけまでもが強くなり、亀頭と膣奥とが強烈に圧迫し合った。

「うぐ……っ。早奈恵さん、いきなりそんなにしたら……ああっ」

「気持ちいいの……ああっ、本当に気持ちいいのっ。こんなの我慢できないよ、もっともっと欲しくなっちゃうっ」

湿った吐息が間隔を狭めている。

苦悶する早奈恵の顔には幾すじもの汗が滴り、航平の身体に落ちては流れた。

(おま×この締めつけが……ち×こすべてを圧迫してきて……)

前後左右に腰を揺らしながら、蜜壺の収斂《しゅうれん》も止まらない。むしろ、蠢《うごめ》きはますます苛烈なものになり、熱烈なまでに勃起からの愉悦を貪る。

「はぁ……ああんっ。クリも擦れてぇ……ああっ、ダメぇ……このまま、イッちゃう……ああっ、もうイク！」

勃起を支点に振れる腰がビクビクと戦慄いた。

泡まみれの白肌が一気に鳥肌と化していく。跨《また》がる両脚が硬直し、しなやかな筋肉を浮かびあがらせた。

「イッてください。早奈恵さんのイク姿、しっかりと見せてください……っ」

血走った両目で淫らな上司を見つめつづける。頬や首すじに貼りつく黒髪やだらしなく開いた唇が、凄艶でたまらない。おのずと腰を突きあげてしまう。

「あ、ああっ、奥が……ああっ、イクっ、イッちゃう！」

首をのけ反らせて喜悦を叫ぶ。

瞬間、早奈恵の身体が大きく震えた。蕩けた牝膜が肉棒を食いしめて、ブルブルと戦慄いた。

(ううっ、早奈恵さん……相変わらずイキ方が激しい……っ)

気を抜くと射精させられかねない。

航平は歯を食いしばって、こみあげる法悦をなんとか耐える。

「はぁ……あぁ……航平くぅん……んぁ」

絶頂から戻った早奈恵が、甘えた声を漏らして口づけをせがんでくる。

航平はすぐに応じて、どちらからともなく柔舌をからめ合った。

(早奈恵さんの口、トロトロになってる……さっきよりも気持ちいい……)

甘い唾液が身体に染みわたり、煩悩を沸騰させる。口腔粘膜《こうくうねんまく》の熱さに、理性は完全に溶かされた。

「早奈恵さん……っ」

航平は彼女の腰を両手でつかむと、鋼の楔《くさび》を打ちあげる。

「ひぎっ、あっ、あっ、イッたばっかりなのに……」

キスを解《ほど》いた早奈恵が甲高い牝鳴きを響かせた。

もっとも、彼女とていやがっているわけではない。連続した情交を悦《よろこ》んでくれることは、今までの逢瀬《おうせ》から十分に把握している。

(このまま突きつづければ、早奈恵さんはめちゃくちゃになってくれる。そして、いちばん奥で中出しすれば……っ)

膣内射精とともに果てる姿は、どんなポルノ女優でさえ敵《かな》わないほどに卑猥で美しい。

牡欲を滾《たぎ》らせた航平は、もうそのことしか頭になかった。

（今日もいっぱい中出ししてあげるんだっ。僕とのセックスで、とことん淫らに乱れさせてあげるんだっ）

獰猛《どうもう》な牡へと変貌した航平は、真下から早奈恵を貫きつづける。

濡れた肉の打擲音《ちょうちゃく》がバチュバチュと響きわたる。同時に早奈恵の牝の叫びがこだまして、浴室は壮絶な淫劇を繰りひろげていた。

「ああっ、はぁ、あんっ。いいとこばっかり突かれてるっ。ダ、ダメっ、あぁぁっ」

身体に力が入らなくなったのか、早奈恵が航平の正面に倒れてくる。

石鹸《せっけん》と汗にぬめった女体はあまりに甘美だ。猛《たけ》り狂った牡欲が早奈恵の肉体すべてを求めてしまう。

「早奈恵さんの身体、本当に最高ですっ。おま×こはもちろん、抱き心地もたまらないですよっ」

激しくピストンを繰り出しながら、濡れた白肌を撫でまわす。腕や背中はもちろんのこと、まるく大きな尻肉を揉みまわした。

「あ、はぁっ……それも感じちゃうっ。航平くんに私、貪られちゃってるぅ……っ」

早奈恵はすでに快楽にのまれている。仕事で見せる凛々《りり》しさは完膚なきまでに消え失せて、喜悦にむせび泣く淫乱な本性がむき出しだ。

（ううっ……もう僕もヤバい……っ。このまま一気に……！）

射精欲求がこみあげると同時、航平ががむしゃらに腰を跳ねあげた。労りやさしさなどを捨て去った獰猛な獣の突きあげに、早奈恵が悦楽を喚《わめ》き散らす。

「ああっ、すごいっ。素敵よ、航平くんっ。このままズボズボしてぇっ。私のおま×こ、おち×ちんでめちゃくちゃにして！」

航平に必死にしがみつきながら、早奈恵が狂ったように頭を振る。猛烈な突きあげに合わせて、彼女の腰も動いていた。渾身《こんしん》の力で股間をしゃくって、自ら膣奥をえぐりつづける。

グチャグチャと卑猥きわまる蜜鳴りが響きわたり、どちらももう止まれない。男と女の本能が濃密にからまり、火を噴いた。

「ぐっ、うぅ……ああっ、出るっ、出ます……ああっ」

子宮めがけて、肉棒を突き入れる。

瞬間、下腹部が爆《は》ぜた。猛烈な勢いで白濁液が噴きあがる。

「ひぃん！　あ、あぐっ、はぁ、あっ……私もダメっ、あ、あ、あああっ、あああぁん」

嬌声《きょうせい》というよりは悲鳴だった。濡れた白い身体が硬直し、ドクンと弾《はじ》けるように大きく震える。

膣膜がきゅうっと締めつけて、勃起を捉えて放そうとしない。

（ううっ、まだ出る……くぅっ）

二度目の射精とは思えない量と勢いだった。何度も腰を跳ねあげて、そのたびに白濁液を注いでしまう。

「あ、あうっ……くぅ、ん……幸せぇ……お腹《なか》が……とっても熱いよぉ……」

たどたどしい口調で早奈恵が囁く。過呼吸かと思うほどに吐息は熱くて荒々しい。汗まみれの身体から、ソープとは違う甘い香りが漂っていた。発情した女のフェロモンが、航平の意識をぼんやりさせる。

（ダメだ……やっぱり、早奈恵さんとのセックスはやめられない……こんな僕が彩音さんを想うことなんて、絶対に許されない……）

膣内射精の達成感に罪の意識が加わって、航平はズキリと胸が痛んだ。

4

オレンジ色のぼんやりした灯《あかり》のなか、早奈恵はベッドで仰向けになっていた。

全身に施される航平の愛撫に吐息を漏らし、白い肌を震わせる。精を受け止めた股間は、まだ欲しいとばかりに揺れ動いていた。

(ああ……本当に上手。私が期待した以上に気持ちよくしてくれる……)

半年前に彼を誘ったことを思い出す。

ふたりだけでの飲みに誘い、彼の本心を聞き出した。そのときの航平はそうとうに酔っていたので、自分がなにを言ってしまったかは覚えていないであろう。

(弓原さんが好きだなんて……そんなの認めるわけにはいかないわ……)

声優は事務所にとって「商品」だ。売りものに傷をつけるなど、許せるはずがない。

だが、早奈恵にこみあげたのは、そんなビジネスとしての考えだけではなかった。

(私は……それを知って嫉妬した。ショックだった……だって、私は航平くんが好きだから……年がいもなく、彼に恋をしてしまっていたから……)

航平が入社して新人教育を施す中で、彼をかわいい弟のように思いはじめた。

最初はそれだけだった。

だが、日を追うごとに印象は徐々に変化して、いつしか母性を含んだ恋情へと変わってしまったのだ。

そんな中で聞いた彼の本心に、早奈恵の中でなにかが弾けた。気づくと、航平をホテルに誘って押し倒し、彼の初めてを奪っていた。

（最初は一回限りのつもりだった……でも、無理だった。心と身体は……航平くんを忘れられずに求めつづけてしまっているの……）

あさましいとは思いつつも、一度火がついた女心は止められない。

早奈恵はもともと、今働いている事務所に所属する声優だった。

だが、売れることは叶《かな》わず、生活のためにマネージャーに転身したのだ。

それゆえに、航平を惹《ひ》かせる彩音へのコンプレックスはすさまじい。

（このままでは声優としてだけでなく、女としても負けてしまう……だから、せめて身体だけでも）

早奈恵は内心、必死だった。

「早奈恵さんの肌、スベスベで本当に気持ちいいです……」

航平が脇腹を撫でながら乳房まわりを舐めてくる。青年の熱い吐息が肌を撫で、身体が甘美さに痺れてしまう。

「はぁ……うれしい……もっと舐めて……好きなだけ触って……あ、あうっ」

航平の唇が乳丘を這《は》い、にじむようにひろがる乳暈《にゅううん》に舌先が触れる。

鋭い乳悦の予感に身体が震えた。

しかし、彼はなかなか乳頭への愛撫を始めてくれない。たまらず、早奈恵は上半身をよじった。

「ねぇ……おっぱい、舐めて……いつもみたいに、ペロペロちゅうちゅうして……」

「ダメです。早奈恵さん、すぐに感じておっぱいだけでイッちゃうから」

舌先をチロチロと動かしながら、航平がこちらを窺《うかが》っている。

「早奈恵さんが教えてくれたんですよ。女の身体は焦《じ》らされて……じっくりと弄られるのがうれしいんだって」

「で、でも……あ、ぁ……もうたまらないの……航平くんにもっと気持ちよくしてほしくて……ねぇ、お願いぃ」

半年前に童貞を卒業したのが嘘のようだ。航平は早奈恵を完璧に籠絡している。正直、ここまで性技に長《た》けるとは思わなかった。

(もう私が教えることなんてない……ううん、逆に私が教えられてる。自分がいかにエッチで……いやらしい女なのかって……)

少しも不愉快ではなかった。むしろ、心も身体も悦んでいる。

心臓は純潔を散らす処女のように激しく高鳴り、白い乳房を揺らしていた。

肢体はすみずみまでもが淫女の本能に熱く焦げつき、悶える下半身からはクチュクチュと卑しい粘着音が立ってしまう。

（もう私は完全に航平くんに溺れてる……しょせんは弓原さんの代わりでしかないっていうのに……っ）

残酷な現実に、チクリと胸の奥が痛んだ。どれだけ彼を愛していようと、彼の心は自分に向いてはくれない。

それでもよいと始めた関係である以上、咎《とが》めることはできないし、肉欲以上を求めることなどもってのほかだ。

自分は秘密の睦事《むつごと》だけで満足しなければならないのだ。それが、早奈恵のできる、航平への唯一の愛し方なのだ。

「お願いぃ……もうおっぱい吸ってぇ。ねぇ、ねぇ……っ」

鈍い愉悦とやるせない愛《いと》しさに、全身がせつなく疼いて我慢ができない。

早奈恵は彼の頭を撫でまわして、はしたなくも必死に懇願する。

「……わかりました。それじゃ……」

航平の吐息が乳蕾に吹きかかる。

瞬間、熱い軟体に弾かれた。

「んひっ、あ、ああっ……感じちゃうっ。はぁ、んっ」

こみあげる喜悦に首をのけ反らせると、間髪をいれずに蕩けた粘膜に覆われてしまう。

そのままジュルッと吸いたてられた。

「あ、ああっ……そ、そうっ。やっと吸ってくれた……やっと舐めてくれた……あ、はあっ」

「こんなに大きくコリコリにして……本当に早奈恵さんはいやらしい人ですっ」

硬く凝った乳頭を舌で弾かれ、押しつぶされる。乳暈をまわりの乳肉ごと吸引されて、たっぷりと舐めまわされた。

「あはぁ、あん！　おっぱい気持ちいいのっ。ああっ、すごいのっ。おっぱいだけですごいぃ……っ」

勝手に身体がしなってしまい、航平に乳房を押しつける。

航平は顔を真っ赤にしながら、乳房を貪りつづけた。両方の乳首を舐めしゃぶり、同時に指の腹で転がしてくれる。

乳頭からの甘美な痺れに、早奈恵の牝鳴きは止まらなかった。白い肌には汗がにじんでピクピクと小刻みに震えてしまう。腰の揺らぎは大きくなって、空中に淫らな円を描いていた。

（私の身体、どんどん航平くん好みにされていってる……身体を重ねれば重ねるほど

に、気持ちよさが強くなってるっ）

卑猥な本性が航平によって引きずり出されては、成長させられていた。過去にそれなりの性経験はあるが、彼との閨事《ねやごと》ほど喜悦を得たことなどない。

「はぁ……ダメぇ。おっぱいだけで狂っちゃうぅ……航平くんのおっぱい弄り、上手すぎて……はあん！」

新たな快美に甲高い悲鳴を響かせた。航平の指先が熱いぬかるみをこねまわす。乳房にのみ意識を向けていたせいで、反応は鋭くなってしまった。腰を宙に浮かせた状態で、ビクビクと震わせてしまう。

「うわ、グチョグチョじゃないですか。お尻にまでいやらしい液、垂れてますよ？」

あふれる淫液を指ですくって、股間全体に塗りひろげられる。ヌルヌルとした感触が、煩悩を煽《あお》ってきてしかたがない。

「いやぁ……言わないでぇ。自分がいやらしいこと、十分わかってるからぁ……っ」

「そうですね。いやらしいおま×こです。年下の部下に筆おろししちゃう淫乱なおま×こですっ」

ぷっくりふくれた牝芽を撫でられる。鮮烈な喜悦が迸《ほとばし》り、総身が大きく戦慄いた。

（言葉攻めまでしてくるなんてぇ。私が教えた以上のことをしてきてる……ああっ、

ますます航平くんに狂わされちゃうっ)

婚声を響かせながら、陰核を自らの指に擦りつけてしまう。クチュクチュと卑猥な蜜鳴りが立つ。

「ああ、おま×この入口がずっとヒクヒクしています。どんどん濡れてきてますよ。中を弄ってほしいんでしょう、違います?」

「そ、そうなのっ。中、弄ってっ。おま×こ、入口だけじゃいやっ。中までクチュクチュいっぱいして……うあ、ああ!」

早奈恵が懇願するやいなや、蕩けた媚膜が押しひろげられる。全身に痺れるような悦楽がひろがって、生白い喉を反り返らせる。

「すごい締めつけです……ああ、めちゃくちゃ熱い……」

航平は最初から指を二本挿入してきた。肉棒ほどの満足感はないものの、代わりに特に感じるポイントを的確に刺激してくる。

「うあ、あっ……あぁんっ、そこ、ダメぇっ……はぁ、ああっ」

すぐに航平は、弱点である子宮口のまわりを刺激してくる。淫膜を指の腹でグッグッと押され、さらには小刻みに震えまでをも加えられる。

(ダメぇ……そんなにすぐに気持ちよくしないでっ。イッちゃうから……すぐにイッ

ちゃうからぁっ）

早奈恵の心とは裏腹に、身体は愉悦に歓喜する。

股間は上下左右に振り乱れながら、随喜の淫蜜を垂れ流す。上半身は不規則に硬直を繰り返し、まろやかな乳丘を弾ませていた。

「あ、ああっ……いやぁ、ぁっ。もう、イッちゃうぅ……ダメなのぉ……ああ、もうダメぇ……っ」

シーツを思いきり握りしめつつ、喜悦の頂点を本能がめざしてしまう。

が、そこで航平はあろうことか一気に指を引き抜いた。絶頂直前だった蜜壺に、耐えがたい空虚が押し寄せる。

「あ、はっ……いやっ、なんでっ。抜いちゃ、ヤダっ。ねぇ、弄って。おま×こ、グチュグチュしてっ、ねぇ！」

早奈恵は必死になって膣内愛撫を懇願した。すでに身体は絶頂に向かっていた最中なのだ。ここでやめられるなど、拷問となんら変わらないではないか。

だが、愛しい青年はニンマリと微笑を浮かべると、悶える早奈恵を見おろして言い放つ。

「ダメです。早奈恵さん、簡単にイッちゃうじゃないですか。だから、いったん休憩します」

絶望的な気分になった。おのずと「ああっ」と悲痛な声を漏らしてしまう。

（いやだっ。イキたいのっ。イカせてほしいのっ。もう……イカないと狂いそうなの……っ）

もはや完全に航平に支配されている。七つも年下の青年に、絶頂の管理までされているのだ。

だが、少しもいやではない。むしろ、うれしいとすら思った。それだけ自分の肉体に興味を持ってくれている、自分の卑しさを受け入れてくれている。

　そう考えるだけで総身に随喜が走り、白い肌を震わせた。

（もう無理……っ。耐えられないっ。どうしても……イカせてほしいっ）

「お、お願いっ、イカせて……っ。お願いしますっ。指でも舌でもなんでもいいから……私をイカせてくださいぃ！」

あさましい叫びは必死の懇願だった。自然と願いは敬語となって、航平からの随喜を渇望する。

「くっ……早奈恵さん……っ」

早奈恵の乱れ具合に航平が目を見開いた。はしたなく収縮を繰り返す淫華を、垂れ流す愛液を、見苦しくくねる裸体をじっと見る。

(見られるだけでも感じちゃう……ああっ、早く来て……私を……いつもみたいに貪ってぇっ)

たまらず脚を大きく開いて股間を突き出す。自らのはしたなさにすら陶酔していた。

脚の間から見えるのは、太くたくましい剛直だ。亀頭はパンパンにふくれあがって、幾すじもの血管を浮かびあがらせた肉幹が禍々《まがまが》しく反り返っている。

(入れられたら、きっとすごいことになる。あっという間に意識が飛んじゃうっ)

圧倒的な悦楽を予感していると、航平の喉仏が大きく上下した。

開けひろげた両脚をしっかりとつかまれる。おびただしく濡れた淫華がドプリと愛蜜を湧出した。

「わかりました……僕ももう限界ですっ」

航平の身体が前のめりになる。鉛を思わせる硬さと重さが淫裂に密着した。

「あ、ああっ……おち×ちん……おち×ちんがぁ……」

「イクなら……大好きなおち×ちんで思いっきりイッてください……!」

肉の球体が姫口を押しひろげる。瞬間、一気に突き入れられた。

早奈恵の視界と脳内とが瞬く間に真っ白に覆われる。

「ひぎ、っ……くぅ、ぁ……あ、ぁあ……！」

凶悪というべき喜悦に襲われ、声はもちろん息すらできない。無意識に背中は限界まで反り返っていた。そのままの姿勢で、ビクビクと激しい震えを繰り返す。

「うぅ……早奈恵さんのおま×こ、締めつけがすごい……くぅ、ぅ」

最深部に触れる切っ先を、航平がグリグリと押しこんできた。

愉悦に愉悦が重なって、もう早奈恵はわけがわからなくなっていた。自我も理性も牝悦に押しつぶされて、暴力的な快楽にされるがままだ。

（これ……ダメ……っ。また壊れる……私、今日も航平くんに壊される……っ）

いつまでも鎮まらない愉悦の震えが、早奈恵を今夜も牝の獣へと脱皮させた。

奥歯を嚙《か》みしめながら、航平はなおも肉棒を押しこんでいた。

（あぁっ……めちゃくちゃ締まる……っ。おま×こもすごく震えてる……っ）

眼下では汗に濡れた白肌を戦慄かせ、早奈恵が快楽の極地を漂っていた。爪が折れるのではないかと心配になるほど、思いきりクッションを握りしめている。

（まただ……また僕は早奈恵さんを相手にして……我を忘れてしまっている……）

早奈恵と関係を繰り返すうちに、快楽を施されるだけでは物足りなくなっていた。

牡としての本能が目覚めてしまったのか、こうして早奈恵を支配するような行為もしてしまう。

（生意気だって自分でも思うけど、やめられないんだ……それに早奈恵さん、こうされるのを悦んでくれているし……）

航平をやさしくも淫らに攻めてくる早奈恵は魅力的だが、自分に攻められて悦楽に狂う早奈恵もたまらない。その卑猥さ、美しさには甲乙などつけられない。

「かはっ……あぐぅ……すごいのぉ……おま×こ、壊されてるの……あ、ああっ……はぁ、んんっ」

ようやく絶頂から戻った早奈恵が、自ら腰を揺らしてくる。亀頭と膣奥とが強く擦れて押しつぶし合い、猛烈な愉悦がこみあげた。

「うぐっ……早奈恵さん、イッたばっかりなのに、激しい……っ」

蜜壺が肉棒を求めてきゅうきゅうと締めつけを繰り返す。結合部は新たにあふれ出た淫液にまみれて、先ほど以上にドロドロだ。膣膜の熱さがさらに増し、卑猥な匂いが立つ。

（ヤバい……僕も長持ちしそうにないぞ……っ）

牝膜からの圧倒的な法悦に、航平のペニスがビクビクと脈動を激しくしていた。締めつける媚膜を絶え間なくノックして、敏感な早奈恵をさらに追いつめていく。

「もっとしてぇ……ドロドロおま×こ、いっぱい抉《えぐ》って……っ。もっとグチュグチュに壊してぇ……！」

愉悦に我を忘れた早奈恵が懇願する。白い身体はすみずみまでもが汗に濡れ、甘い香りを放っている。全身から醸し出される魅惑のフレグランスに、本能を昂らせた青年が我慢などできるはずがない。

「ああっ……早奈恵さんっ」

航平はぬめる腰をしっかりつかむと、沸騰する本能に身を任せる。勃起を中腹まで引き抜いてから、強烈にたたきつけた。

「ひぃ、いん！　あ、あああっ、はぁ！　すごいのっ、おち×ちん、とってもすごいよぉ！」

「こんなにおま×こグシュグシュにしてっ。早奈恵さんはいやらしすぎますっ。こんなに淫乱で恥ずかしくないんですかっ」

「ごめんなさいっ、ごめんなさいぃ……淫乱で、おち×ちん狂いでごめんなさいっ」

打擲で快楽を叫ぶ早奈恵は、狂ったように頭を振った。暴れた両手は手当たりしだいに手もとのものを握りしめ、ついには自らの乳房をギュッと握る。ふくれた乳頭までをも摘まんでつぶしていた。

(早奈恵さん、どこまでいやらしいんだっ。どこまで僕を狂わせるんだっ)

あまりの凄艶と悦楽に、もはや航平も歯止めが利かない。膣奥を貫く勢いで下腹部を打擲しつづける。労りややさしさなどはかなぐり捨てていた。

滴る汗が早奈恵の腹部に降り注ぐ。上下する白肌は、それに歓喜しているかのようだった。

(ああっ、狂う。自分がセックスでこんなにも豹変《ひょうへん》するだなんて……)

諦めにも似た感情で早奈恵を掘削しつづける。もはや航平は、獰猛で暴力的な獣へとなりはてていた。

(僕はこのまま早奈恵さんとセックスに狂いつづけるしかないんだ。弓原さんを想うことなんてもう許されない……っ)

罪悪感を牡欲へと転化させて、航平はふしだらな行為に没頭した。

圧倒的な法悦の連続に、早奈恵は発狂寸前だった。

沸騰した血液が全身を駆けめぐり、白い肌を熱して汗を滴らせる。四肢は喜悦に自由を奪われ、ビクビクと硬直しながら震えるしかない。

（ああっ、もう壊れてるっ。また壊されてる……っ。私の身体を航平くん好みに作りかえられてるぅ……！）

すでに正常な判断はできなくなっていた。感じるのは若竿の太さとたくましさと、破滅的な喜悦のみだ。

「おち×ちんすごいのぉ！　ああっ、私、狂っちゃうっ。おち×ちんでバカになっちゃうぅ！」

自分がなにを喚いているのかすらあやふやだ。恐ろしく下品ではしたない言葉を放っていることだけは理解できるも、それを制御することは叶わない。

「狂ってください。バカになってくださいっ。早奈恵さんをち×こ狂いにさせるんです。セックスだけ考える淫乱女に作りかえるんですっ」

人としての理性を失った航平が、腰を振りながら叫ぶ。

その必死さに、たまらず胸の奥がじゅんと熱くなった。

（私とのセックスで荒ぶってくれている。私なんかとのセックスにめちゃくちゃ興奮してくれてる……っ）

愛しい青年が本能を猛り狂わせていることが、うれしくてたまらなかった。

「壊してぇ！　おま×こも私自身も……めちゃくちゃにバラバラにしてぇ！」

（私が彼に期待するのは快楽だけ……それ以外を期待するのは許されない。こんな年の差で航平くんに自分の男になってなんて、言えるわけがない……っ）

しょせんは彩音から気を離すための関係だ。本来あるべき男女の関係など、求めていいはずがない。

（自信がないの。仮につき合ったところで、私たちは絶対に行き止まりになってしまう。恋愛に年齢は関係ないなんて、嘘に決まってるじゃない……っ）

年齢差が憎くてしかたがない。同時に、航平に想われている彩音に激しい嫉妬が渦巻いた。

だが、どうすることもできないのだ。彼の将来を考えれば、年増《としま》の自分は必ず邪魔な存在になる。航平を苦しめることだけはしたくない。

ほかの女では経験できないであろう、快楽に狂った淫女としての振る舞いこそ、早奈恵が彼に施せる唯一の愛し方なのだ。

「ああっ、早奈恵さんっ、もうダメです……っ。もう、イク……っ」

「いいよぉっ。イッて、中でイッてっ。淫乱おま×こに全部出してっ。おま×こ、航平くんでビチャビチャにしてぇ！」

射精に向けて航平の挿入がさらに苛烈になる。蜜壺を満たす愛液をかき出しては、結合部のまわりに飛び散らせた。

恥丘を覆う陰毛は淫液にまみれてべっとりだ。攪拌《かくはん》された牝蜜は白濁と化していて、放たれた淫臭がホテルの室内にこもる。

（ああっ、飛んじゃうっ。もう無理……っ）

牝の叫びを響かせながら、航平の身体にしがみつく。汗と涙でにじんだ瞳で、しっかりと彼を見つめつづける。

（好きよ、航平くんっ。本当はあなたの心も将来も全部を独占したいっ。あなたが私を女として求めてくれたら、私は……っ）

頑《かたく》なな自制も、彼が求めてくれたら粉々に砕け散るであろう。結局は女であることを諦められないのだ。

「ああっ、出ます！　出る……ううぅ！」

猛烈に膣奥を穿《うが》たれた瞬間、子宮口に灼熱の牡液が浴びせられた。

視界と意識に強烈な白が襲ってきて、つま先までもが硬直する。

「あ、あぁぁ！　ひぎっ、ぃ……い、いぃ！　――！」

身体中の筋肉が強張《こわば》って、指の一本すら動かせない。本能が早奈恵を支配し、注がれる白濁液を求めて腰をしゃくりあげていた。

（あぁっ……こんなのやめられない……好きな男の子から中出しされて……こんなにうれしくて幸せなこと、手放せるわけがない……っ）

結合部を密着させながら互いに震え、しばらくそのままの状態だった。ようやく身体が弛緩《しかん》して、はぁはぁと激しく呼吸を繰り返す。おびただしい汗に濡れた肌がピクピクと余韻に戦慄いた。

「はぁ……あぁ、ぁ……」

航平が力つきて倒れてくる。早奈恵は背中に手をまわしてから、しっかりと抱きしめた。腰に両脚をからませて、結合を解くことを許さない。

「あ、ぁ……航平くん……」

至近距離で見つめ合い、どちらからともなく口づけする。すぐに舌をさし出して、ねっとりとからませ合った。

（航平くん、ごめんね……こんなどうしようもない女のくせに、あなたを愛し求めてしまって……）

胸の奥でじわりと痛みを感じつつ、早奈恵は青年との甘い空気に酔いつづけた。

第二章　訓練生のマル秘レッスン

1

航平は事務所が運営する声優の養成所に足を運んでいた。

講師である辻本《つじもと》という壮年の男性声優に、海外ドラマのアフレコ台本を持ってきたのだ。

すると、彼から「せっかくだから、レッスンを見ていけ」と言われたのである。

広いレッスン室は独特の緊張感に包まれていた。

訓練生の四人が台本を片手に朗読劇を演じている。

壁ぎわには順番を待つほかの訓練生たちが、真剣な表情で四人を見たり、目を閉じそして、そんな四人を恐ろしいまでに鋭い眼光で辻本は見つめていた。ふだんは人当たりのよい大らかな人物なのに、今は鬼とも言うべき様子である。

（みんなすごいな……僕なら畏縮しちゃってなにもできなくなっちゃうよ……）

航平は息すら押し殺して、部屋の隅から彼らを見つめる。腰かけたパイプ椅子を軋《きし》ませないよう、身じろぎすらしないように気をつけた。

「よし、四人とも合格だ。今、演じたイメージを忘れるんじゃないぞ」

ひととおりの朗読が終わって、辻本の声が響く。

ほかの訓練生たちから拍手が起こり、四人はホッとした表情を見せていた。

「じゃあ、次。小川《おがわ》、鷹下《たかした》、宮内《みやうち》と……あと、五十嵐《いがらし》」

辻本が次に演じる訓練生の名前を呼ぶ。それぞれが「はいっ」と元気よく挨拶をするが、ひとりだけ表情の暗い女性がいた。

（あの子……五十嵐っていうのか）

少女のような、小柄な子だった。返事の声も、ほかの三人と比べれば覇気がない。

（……大丈夫かな）

その様子に心配になる。自然と背中に汗がにじみ出ていた。

「それじゃあ、頭からやろう。途中でおかしいところがあったら、そのつど指摘していくからな。はい。じゃあ、始めっ」

航平の不安を無視するように、辻本が朗読劇を開始させる。自然と航平は固唾《かたず》をのんだ。伸ばしていた背すじが、軽く前のめりになる。

（いやな予感がする。演技が素人の僕が、そんなこと思うのは失礼だとは思うけど）

だが、航平のそんな予感はすぐに現実のものとなった。

五十嵐がセリフを読んだ刹那、辻本の声があがる。

「おい、五十嵐、おまえ、この場面にそんな演技がふさわしいと思うのか？」

広いレッスン室が水を打ったように静寂となる。みな、顔が強張っていた。

「どうなんだ、答えろ。今の演技で本当にいいのか。自分の演技に満足か？」

「……いいえ。違うと……思います」

「じゃあ、ふざけた演技をするんじゃない！」

辻本の怒鳴り声が部屋中に響きわたる。何人かの訓練生が、たまらずビクンと肩を震わせた。航平も胸の奥がきゅうっと縮こまってしまう。

（ああ……やっぱり怒られちゃったか……）

本当の素人が聞いたのならば、彼女の演技に疑問は持たない。

だが、多少は演技に慣れ親しんでいる航平には、やや違和感を覚えるものだった。

辻本には、もっと悪いものに聞こえているであろう。

「なんでもっと演じるキャラのことを考えないんだ。演じるときはそのキャラになりきって、身体の内側から感情を爆発させろと言ってるだろ！　なんでこんな基本的なことすら忘れるんだ！」

辻本の怒りは収まらない。彼が最も許せないとする雑な演技をしてしまった以上、激しい説教は免《まぬか》れない。

「すみません……本当にすみません……」

五十嵐は直立の姿勢で頭を垂れる。見ているこっちが息苦しくなってしまった。

「最近のおまえはまったく稽古に身が入ってないぞ。やる気がないなら、さっさと出ていけ！　ここは学校じゃないんだ。本気で役者をめざしていないなら、みんなにもおまえにもいるだけ無駄だぞ」

辻本の言葉に、彼女は小刻みに震えている。口を真一文字にギュッと結んで、手が拳を作っていた。

（かわいそうだけど……僕が止めに入るわけにもいかないからな……）

あくまで自分は所属する声優に仕事を斡旋する立場でしかない。事務所の経営する養成所とはいえ、レッスンに口を出すことはあってはならないのだ。

「……す、すみませんでした。もっと一生懸命やります。すみませんでしたっ」

五十嵐は叫ぶように言うと、直角になるくらいに頭を下げる。

稽古場に重い空気が立ちこめていた。誰ひとりとして言葉を発しない。あまりの緊張感に、航平までもが見動きできなかった。

「……続けるぞ。じゃあ、数行前の小川のセリフからもう一度だ」

険しい表情を崩さずに、辻本が稽古を再開させる。張りつめた空気は少しも緩みはしなかった。

(芸事で身を立てる、って厳しいことなんだよな……声優で身を立てられるのは、この中でひとりいるかいないか……いや、たぶんいない可能性が高い。事務所に所属することすら、ほとんどの子は叶わないんだから……)

残酷ではあるが、それがこの世界の常識なのだ。そもそも、訓練生の時点で脱落する者も多い。前回、訪問したときよりも今日の人数は確実に減っていた。

(あの子、大丈夫かな……こう言っては悪いけど、このままでは辞めてしまいそうな感じが……)

必死ではあるものの、やはり五十嵐からは負のオーラが漂っている。

そのあとも彼女は何度か失敗し、そのつど怒鳴りつけられていた。最後のほうは、もはや見ていられなかった。

レッスンが終わり、みなが帰り支度をはじめる。わいわいと談笑する集団の中で、彼女だけは稽古場の隅で体育座りをして、顔を突っ伏しているのが痛々しくてしかたがなかった。

2

レッスンが終わったあと、航平は辻本に居酒屋へと誘われた。軽く終わるはずがなく、店を出る頃には夜の十一時をまわっていた。

(この世界の人たちは、軽く飲むって意味合いが世間一般とは違うんだよなぁ……)

日付が変わらなければ軽くて、最終電車が過ぎても飲むことは普通である。それを考えると、今日は業界的には十分軽い飲みではあった。

(本当に異常な業界だよ。仕事は楽しいけど、いつまで身体が持つだろうか……)

不規則かつ長時間の勤務に休みも少ない。マネージャーが身体を壊して入院することは珍しくはなかった。むしろ、入院してこそ一人前という風潮すらある。

（このご時世に、ここまでブラックな労働環境もそうそうないよな……華やかなぶん、背後は真っ黒だよ……）

酒のまわった身体で少しふらつきながら歩いていると、養成所の入っているビルが見えてきた。地下鉄駅に行くには、ビルの前を通らなければならない。

「……え？」

思わず声を漏らしていた。

街灯の白い光が等間隔で連なる中に、養成所の窓が光っている。見間違いかと思って目を凝らすも、やはり明かりはついていた。

（こんな時間に明かりだなんて……電気を消し忘れたのかな……？）

無視して通りすぎることも考えたが、見て見ぬふりをするわけにもいかない。

養成所の鍵は航平も持っている。照明くらい消して行ってもいいかと思い、航平は窓の前まで移動する。

（え……誰かいるぞ。こんな時間に、なにしてるんだ……？）

かすかに開いた窓からは、人のいる気配があった。嘘だろと思い、中をのぞく。

（あれは……五十嵐さんじゃないか）

稽古場に五十嵐だけがいた。片手に持っているのは台本だ。今日のレッスンで使用していたものに見える。

（まさか……ひとりで居残り練習してたっていうのか……？）

レッスンが終わったのは四時間も前のことだ。その間、彼女はずっとひとりで稽古に励んでいたのだろう。

こめかみからは汗が流れ、額や首すじは濡れていた。小柄な身体が呼吸に合わせて上下に揺れている。かなり体力は消耗しているようだ。

（……失礼だろうけど、五十嵐さんってよくよく見ると、けっこうかわいい顔立ちしてるな）

目はぱっちりしていて、鼻すじも唇も整っている。Tシャツやパンツの貼りつく身体は、全体的に細かった。訓練生である以上は十八歳以上なのだろうが、もっと幼く見えてしまう。

（どうしよう……まだがんばってるなら、邪魔しちゃいけないだろうけど……もうこんな時間だしな……）

あまりがんばらせるのもいけないであろう。それに、これから帰宅することを考えれば、これ以上遅い時間に街を歩くのもマズい。

そんなことを思っていると、とつぜん彼女が膝から崩れ落ちた。床に手をつき、顔を俯《うつむ》かせ、小さな肩がピクピクと震えはじめる。やがて震えは全身へと波及して、徐々に大きくなっていった。

「ううっ……うぐ……あぁ、ぁ……ふぇ、ぇ……っ」

(え? 泣いてる……)

間違いなく彼女の嗚咽《おえつ》だった。

声はこらえるようなものから、号泣じみたものになる。傍らに置いていたタオルを握りしめた彼女は、その場に蹲《うずくま》るとえんえんと泣き叫んでしまった。

(マズいな……声をかけることもできないや……)

今日のレッスンを思い出せば、彼女の涙も納得できる。そっとしておくのがいちばんだと思った。

(ちょっと心配だけど、見て見ぬふりするのがいちばんいいかな。さっさと行くか)

航平はそう思い、ゆっくりと窓辺から身を離す。

そのときだった。

「こんばんは、なにしてるんですか?」

思いがけない声にギョッとした。続けて、暗かった周囲に赤い閃光《せんこう》が放たれる。

(うわ……マジか。最悪だ……)

振り返るまでもないが、無視することは不可能だ。航平はぎこちない動きで振り向く。

案の定、背後には赤色灯を光らせたパトカーがいた。助手席から声をかけた警官が降りてくる。

「のぞきはいけませんね。しかも私たちが近づいていたことにも気づかないなんて」

自分よりも少し年上に見える警官が腰に手を当てて言った。完全に犯罪者を見る視線だった。

「い、いや……部外者じゃないんですっ。こ、ここは声優の養成所でして、僕はその……っ」

「はいはい。とりあえず身分証、見せてもらえますか。運転免許証か保険証とか」

慌てた航平の言葉を遮って、警官はいかにもマニュアルどおりの対応をしてくる。

運転席からも警官が降りてきた。

（いやいや、犯罪者じゃないからっ。ていうか、これじゃ彼女に気づかれ……）

そう思ったとき、目の前の窓がガラリと開けられた。

真っ赤な目をした五十嵐が、キョトンとした顔を浮かべている。急いで顔を拭ったのか、顎には涙の滴が残っていた。

「……マネージャーさん？」

「あ、あはは……はは……」

航平は引きつった顔で愛想笑いをするしかなかった。


「ありがとう。おかげで助かったよ」

養成所の鍵を閉めてから、航平は傍らの五十嵐に言った。

「いいえ。私が遅くまでいたから……ご迷惑をおかけして、すみませんでした」

ペコリと頭を下げた。制汗スプレーの爽やかな香りが夜風に乗って漂ってくる。

（改めて近くで見ると、本当にかわいい子だな……）

パッチリした目は左右で等しく、白い肌は肌理が細かくなめらかだ。身長は百五十センチちょっとといったくらいだろうか。

（僕にもこんな後輩や妹がいたらよかったのになぁ）

思わず、そんな下世話なことを考えてしまう。

「すみません……ただでさえ遅い時間なのに、いろいろお話まで聞いてもらって」

警察に彼女が説明をしてくれたあと、稽古場で話をしていた。

彼女はポツポツと自分の生いたちと現在の状況を語ってくれた。

子供の頃から声優に憧れて、養成所に入るため高校を卒業してすぐに地方から上京したこと、養成所の費用は高校時代にアルバイトで貯《た》めたこと、女優をめざしている友人とこの近くでルームシェアをしていることなど、かなりプライベートなことまで伝えてきた。年齢は十九歳になったばかりだという。

苦労しつつ声優をめざしている彼女だが、現実は甘くない。演技は思うように上達せず、まわりに抜かされてばかりだという。そのぶん、必死で自主練習をしているが、いっこうに差が縮まらず、そんな自分に嫌気がさしているらしい。

やはり、そうとうに思いつめている状態だったのだ。

「いいんだよ。悩みを聞くのも、マネージャーの仕事だから。もっとも本当に聞くだけで、具体的なアドバイスなんかできないから、僕のほうこそ申し訳ないんだけど」

「そんなことないですっ。こんなこと……誰にも言えなかったから、聞いてくださるだけでうれしかったです……」

少し顔を赤らめた彼女が、俯きぎみに呟《つぶや》いている。

思わずドキリとしてしまった。

(本当にかわいい……おまけに、庇護《ひご》欲までかきたてられてヤバいな……)

整った顔立ちと小柄な身体、泣きじゃくって腫れぼったくなった目もとが合わさり、強烈に心がかき乱される。気を抜くと、抱きしめてしまいそうだ。

だが、すんでのところで理性が警告を発する。

(ダメだっ。僕は今、とんでもない女性関係の最中にいるんだ。こんなに純粋な女の子と、話をするだけでもおこがましいじゃないか)

いったい自分はどこまで女にだらしがないのか。彩音が知ったらどんな顔をするであろうか。

「さぁ、もう日付が変わるよ。さっさと家に帰ろうか。送っていくからさ」

鍵をカバンにしまってから航平が言うと、ビルのエントランスへと彼女を促した。

しかし、五十嵐はハッとした顔を浮かべると、慌てて口を開く。

「で、でも、私を送ったらマネージャーさん、家に帰れなくないですか。もう電車がマズいですよね」

「確かにそうだけど……でも、レッスンで疲れきった女の子をひとりで帰すわけにもいかないよ」

仮に電車が終わってしまったのなら、駅周辺のカプセルホテルかネット喫茶あたり行けばいい。この仕事を始めてからというもの、夜を明かす方法としてすっかり慣れていた。

「でも……」

彼女は申し訳なさそうな顔をして、俯いてしまっている。

「ほら、とりあえず行くよ。五十嵐さんだって家には早く帰りたいでしょ」

彼女の肩をやさしくつかんで、そっと押してみる。

見た目どおりに身体は軽い。五十嵐は「あっ」と小さく声をあげて、一歩だけ足を進めた。

(小さい身体だな……こんな身体で、ひとりでがんばってるなんて……)

やたらと感傷的になってしまうのは、酒が入っているせいであろうか。

しかし、今は彼女を送り届けるのが先決である。

暗くて静かな夜道をふたり並んで無言のまま歩く。通りすぎるのはタクシーくらいで、ときおりヘッドライトが航平たちを照らした。

「……………」

五十嵐が自分を見あげている。照らされる五十嵐の顔がどこか恍惚としたものに思えた。瞳の輝きに熱を感じるのは、泣きじゃくったあとだからだろうか。

航平は平静を保ちつつ、妙な胸騒ぎを覚えずにはいられなかった。

3

電球のぼんやりした明かりのなか、悩ましい吐息と口づけの音とが室内に響いていた。どちらの音も、男よりも女のほうが熱くて激しい。事実、彼女は震えながらもしっかりと航平に抱きついていた。

「んあ、ぁ……マネージャーさん、キス上手……」

瞳を閉じた表情は、すっかり蕩けたものになっている。夢を追いかける少女の顔から、甘美な安息を求める女の顔に変化していた。

「んんっ……五十嵐さん、待って……これ以上は……」

「五十嵐なんて言わないで……操《みさお》って呼んでください……あぁ……もっといっぱいチューしてください……」

せつなそうに懇願しながら、さらにキツく抱きついてくる。

なめらかな白肌が映えていた。シャワーあがりでバスタオルを巻いただけの身体から、水気を含んだ甘い香りが漂ってくる。

(また流されてしまっている……しかも、今日初めて会話をしたような女の子と……

これからマネージメントするかもしれない子を相手にするなんて……)

操を住まいであるアパートまで送ると、とつぜん彼女が抱きついてきた。今夜はひとりになりたくないと涙まじりに訴える女を前に、無視などできない。

(ああ……そんな必死に求めないでくれ……我慢が……できなくなるっ)

すでに肉棒は挿入可能なほどに膨張し、ビクビクと脈を打っていた。

「マネージャーさん……あぁ……マネージャーさん……っ」

彼女のキスは激しさを増してくる。感情の昂りを表すように、舌の動きは荒々しい。唾液がこぼれて滴るが、まったく気にするそぶりは見せなかった。

「いが……操さん、ダメだよ。このままだと、キスどころじゃ……」

「いいんです……キスだけじゃいやなんです……お願いです。今夜だけ、私のわがままを聞いてください……」

濡れた瞳で航平を見つめている。腫れぼったい目のまわりと合わさって、やけに蠱惑的に見えた。

「お願いします……今夜だけでいいですから……私を甘えさせてください。ひと晩だけ、ふしだらになることを許してください……っ」

操はそう言うと、キスを解いて航平の首すじに舌を滑らせる。ナメクジが這うようなゆっくりとした動きだった。こそばゆさは愉悦をはらみ、航平の身体をビクリと震わせる。

「うぐっ……操さん……うぅ……」

彼女の哀願は止まらない。

舌は水跡を描きながら、ねっとりと下に移動する。鎖骨や胸板をたっぷり舐めて、乳首を舌の腹で覆ってしまう。さらには唇を重ねては、じゅるると音を立てて、吸ってきた。

「あ、あっ……操さん、なんでそんなことまで……」

「マネージャーさんのことを感じたいから……肌でもお口でも、いっしょにいることを感じたいんです……」

口ぶりと表情には寂しさがにじみ出ていた。どこか必死さすら感じさせる。

(この子はいやらしいとか淫乱とかじゃない。本気で寂しがってるんだ。ひとりでがんばりつづけて、今日ついに限界が来てしまっただけなんだ……)

かわいそうだと思った。あまりにも痛々しいではないか。本能ではなく理性が、彼女の相手をしろと訴えている。

(……操さん)

彼女の頭にそっと手を置いた。

眉をハの字にした彼女が、すがるような目で見あげている。

「わかったよ。僕でいいなら、たっぷり甘えていいから。操さんがしたいこと、されたいこと、してあげる」

今度は航平のほうからキスをした。舌を忍ばせると、すぐにねっとりとからみついてくる。

「んんっ……んふ……は、ぁ……」

吐息を漏らす操が、バスタオルに手をかけた。留めていた端を摘まむと、自重で開ける。

航平はゆっくりと舌を抜き取ってから、さらされた裸体を見て、息をのんだ。

(ああ……なんてきれいな身体なんだ……っ)

シミひとつない真っ白な肌だった。なめらかかつ張りを湛えていて、まさに瑞々しいと言うべきか。

控えめなサイズの胸は、まさに陶器の皿をひっくり返したようだ。小柄な身体によく似合う。

その中心部では乳蕾がぷっくりとふくらんでいる。よくよく見ると、それを縁取る乳輪までもが盛りあがっていた。

「あ、あんまり見ないでください……」

顔を真っ赤にした操が、心細そうに呟いた。

そんな彼女に、性欲と庇護欲とがくすぐられる。

「めちゃくちゃきれいだ……本当に、冗談でもなんでもなく素敵だよ……」

「……ありがとうございます」

羞恥まじりの微笑みが、あまりもかわいらしい。

もはや、見ているだけでは耐えられなかった。

「操さん……っ」

航平は彼女の肩をつかむと、ベッドにゆっくりと押し倒す。

少しだけ驚いた声をあげた操だったが、抵抗するそぶりはない。

身体を覆っていたバスタオルは完全に開けてしまい、彼女の下半身までもが目の前にさらされた。

(え……嘘だろ……っ)

現れた股間に目を大きくする。

ふっくらと盛りあがった恥丘と、プルプルの姫口のまわりには、一本の毛も生えていなかった。

「ああ……やっぱり、パイパンっておかしいですよね……」

羞恥に声を震わせて操が言う。瑞々しい太ももを内股にして、もじもじと身じろぎした。

「私……生まれつき生えてないんです。すごく子供っぽいし、男遊びしまくってるように感じられそうで……私、まだひとりしか……高校の頃につき合った元カレとしか経験ないのに……」

「そんなふうには思わないよ。むしろ、操さんに合っているというか、より魅力的に見えるし……ただ、ふたりめが僕なんかで本当にいいの？」

ここまでさせておいて、こんな確認するのは野暮かもしれない。

しかし、純情さを失っていない彼女をむやみに穢すことだけはしたくはなかった。

「いいんです……マネージャーさんにしてほしい。ダメな女だとかビッチだって思うかもしれないけれど……お願いします……」

せつない表情に潤んだ瞳が輝いていた。誘惑ではなく、懇願する女の顔だ。

これ以上、彼女に恥をかかせるわけにはいかない。

「……わかったよ」

航平は大きく息を吸ってから、彼女の上に覆いかぶさる。

心細そうにする操に軽くキスを施してから、首すじをゆっくりと舐めていく。

「あ、ああ……んっ……」

控えめな甘い吐息が漏れる。白い肌がピクンと跳ねた。

（スベスベで、気持ちいいな……）

十九歳の白肌は、あふれんばかりの若さを湛えている。まるでむきたてのゆで卵を思わせた。

舌だけでなく、両手を使って彼女の身体を撫でまわす。なめらかな曲面はしっとりとしていて、愛撫するだけで心地がよかった。

「ああ……触り方がエッチです……うぅ……」

軽く瞼を閉じた操が、軽く身じろぎをしはじめる。

そんな彼女に、劣情は刻一刻と昂っていった。肉棒は完全に勃起状態となり、ボクサーブリーフを突き破らんばかりだ。

（ヤバい……撫でているだけで、めちゃくちゃ興奮する……）

早奈恵とは何度も身体を重ねたが、航平が知っている女は彼女だけだ。

操は早奈恵とは異なる魅力を持っている。そんな女性を相手にすれば、昂りを我慢できるはずがない。

「ああ、操さん……すごくきれいだよ。恥ずかしがってる姿もとっても素敵だ……」

「うぅ……そんなこと、言わないで……ああんっ」

引きしまったウエストを撫でまわし、肩から鎖骨へと舐めていく。

それだけで操は甘い声を弾ませて、小柄な身体を震わせた。

瑞々しい太ももをすり合わせ、下腹部の揺れは徐々に大きさを増してくる。

(乳首もこんなに大きくして……)

少しだけ盛りあがった乳丘の頂点で、淡い色をした乳首がぷっくりとふくれていた。

木苺《きいちご》を思わせる可憐な蕾《つぼみ》は、硬さを湛えて刺激されるのを待ちわびている。

控えめな乳肉を手で寄せながら、そっと乳首を舌で触れた。

瞬間、操の身体がビクンと跳ねる。

「んあ、あっ。はぁ……ダメ、感じちゃう……」

かわいらしい小顔を真っ赤に染めて、操が何度か首を振る。

それを無視して、航平は乳頭を舐めまわした。

乳蕾を舌先で弾き、ねっとりと粘膜で愛撫する。盛りあがった乳暈にも舌を這わせて、ちゅっと吸引しつつ、口内でも愛撫を繰り返す。

「んひ、いぃ……っ。そんなに、おっぱい……あ、ぁっ」

「ごめんね。操さんのおっぱいがあまりにもよすぎるから……っ」

小ぶりな乳房には、巨乳とは違う美しさがあった。

揉みしだくことはできないが、やさしく愛でる感じがたまらない。

(サイズは控えめでも……柔らかくて、プリプリしてる……っ)

薄く盛りあがる乳肉は、女性特有の柔らかさを内包していた。

同時に、十代の若々しさを誇示するように、弾力も湛えている。

それらが瑞々しい乳肌に包まれているのだ。男を魅了するには十分である。

「ああっ……はぁ、あんっ。すごいよぉ……マネージャーさん、すごい……っ」

一方の乳首を舐めしゃぶりつつ、もう一方を指先で弄る。

左右同時の刺激に、操は甲高い声を響かせて、白い喉を反り返らせた。

(めちゃくちゃ感じてくれてるな……もしかして、感じやすいタイプなのかも)

乳頭への愛撫だけでこれなのだ。

姫口や牝芽、さらには蜜壺を刺激したならば、いったいどれだけ乱れるのだろう。

考えるだけで、興奮で目眩がしそうだ。

「はぁ……操さん……」

航平は乳首を解放すると、すかさず彼女の唇を奪う。
唇を割って舌を忍ばせると、驚くほどに熱くなった舌がすぐにからみついてきた。
操が舌を荒々しく蠢かせている。
「んあ、ぁ……気持ちいいよぉ。マネージャーさんのキス、とってもいいのぉ……」
震える腕で航平にしがみつき、飽きることなく口づけに没頭する。
唾液がこぼれて口のまわりが汚れても、少しも気にするそぶりはなかった。
（操さん、すごい……）
羞恥を訴えつつも、身体は温もりを求めている。
あまりのギャップが煩悩をどこまでも刺激した。
操のキスを受け入れながら、指を下腹部へすすっと滑らせる。
汗ばんだ白肌が、指の動きに合わせるようにピクピクと震えていた。
「あ、はぁ……んぁ……ひぃうん！」
ツルツルの恥丘に触れた瞬間、操の声が甲高くなる。
揺れていた腰がビクンと跳ねて、パイプベッドを軋ませる。
航平は身体を密着させて、拘束するようにしながら、さらに指を滑りおろした。
「あ、ダメ……あ、ああ……はぁ、あんっ」

隠されていたスリットに指先が触れた瞬間、操の全身がビクンと震える。

航平にしがみつく手にギュッと力がこめられた。

(うわっ……めちゃくちゃ濡れてる……っ)

ほんのちょっと触れただけだというのに、指先にはとろみの強い愛液がからみついた。芳醇《ほうじゅん》なシロップを思わせるそれは、驚くほどに熱い。

「ご、ごめんなさい……私、濡れる量が多いんです……」

航平の身体に顔を埋《うず》めながら、操が恥ずかしそうに呟いた。

「謝ることないよ。むしろ……めちゃくちゃ興奮する……っ」

航平は姫口に沿って指先を上下に滑らせる。

それだけで操は嬌声を弾ませて、ビクビクと下腹部を震わせた。

(ああ、本当にすごい……どんどんあふれてくる……)

操の言葉どおりに、湧出する女蜜はおびただしい。

陰唇まわりの大陰唇はもちろんのこと、脚のつけ根や菊門にまでひろがっている。

航平の指遣いは決して激しいものではない。ゆっくりと確かめるような動き方だ。

しかし、粘膜からはクチュクチュと悩ましい粘着音が響いてきて、音の密度は刻一刻と濃さを増していた。

「はぁ……ああんっ。気持ちいい……気持ちいいですぅ……」

いつしか操は両手で航平に抱きついて、途切れることなく甘い声を漏らしていた。

艶やかな白肌からは、若い女特有の甘くて瑞々しい香りがする。

それが発情の芳香であることくらいは、航平にも理解できた。

（……もっと感じさせてみたい）

航平の劣情がムクムクと肥大していく。

少女の面影が色濃い小柄な彼女が、どれだけ卑猥に乱れるのか確かめたくてしかたがない。

ちょっとした前戯でこの濡れようなのだ。これ以上に愛撫をすれば、いったいどうなってしまうのか。考えるだけでもたまらない。

「操さん……」

航平は撫でまわしていた指先を、膣口にそっとあてがう。

続けて、ゆっくりと慎重に内部へと沈めていった。

「うあ、あっ……な、中に……はあん！」

操の牝鳴きが、音量をあげて響いてしまう。

内部は驚くほどに蕩けていた。しかし、締めつけ具合も尋常ではない。

（めちゃくちゃキツい。指が食いしめられる……っ）

媚膜がギュッと収縮し、指の侵入を拒んでいるかのようだ。

だが、腰はビクビクと小刻みに跳ねあがり、少しだけ触れる内部の膣壁は、喜悦を期待するようにうねりを感じさせている。

「力を抜いて。しっかり中をほぐさないとだから」

航平がそう言うと、操は小さくコクコクと頷く。

少しだけ女膜から力が抜ける。

その隙に指を中へと押し進めた。

「んひぃ！　あ、ああっ……中に……奥に指が……あ、あぁ……」

やや強引な挿入に、操が目を見開き、カタカタと震えていた。

再び姫口が指を締めつけるが、拒んでいるわけではない。抜かないようにと媚《こ》びているのだ。

「痛かったら言うんだよ……」

航平は眼下の操に軽く口づけしてから、慎重に膣膜を押してみる。

「あぁっ……はぁ……くぅ、うん……っ」

感じているのか、それとも痛みを耐えているのか今ひとつわからない。

だが、手淫を続けてほしがっていることだけは、はっきりとわかった。
(ここまでしてしまったんだ……しっかりと操さんに感じてもらわなきゃ)
妙な責任感を覚えつつ、航平は操の肩をしっかりと抱いた。

下腹部にこみあげる違和感は、早くも操には愉悦に変化をはじめていた。
(どうしようもない私に……こんなにやさしくしてくれるだなんて……)
ただでさえ弱っていた心には、航平のやさしさはあまりにも甘い。
このままでは好きになってしまいそうだ。
(ダメ……それだけはダメ。マネージャーさんに、そんな迷惑はかけられない……)
彼が養成所の訓練生と関係したと知られれば、とんでもないことになってしまう。
航平をそんな目には遭わせられない。
(でも……ああ、そんなにじっくり弄られるなんて……)
膣奥からこみあげる幸福感は、今までに経験した以上のものだ。
ただでさえ漏れている嬌声は、気を抜くとさらにはしたないものになりそうだ。
(おま×この中、気持ちいい……本当に気持ちよくなれるんだ……)
操とて年頃の女で、処女ではない。

高校時代につき合っていた男子生徒と初体験は済ませていたし、恋情の勢いに任せて、見境ないほどに交わりまくった。

それでも、気持ちよさというのは得られなかった。一方的に身体を弄られて、言われるままに肉棒を扱いては舐めしゃぶり、とば口が濡れたら挿入されて、射精して終わりというのがいつものことだった。

(漫画や小説で女の子が感じてるのはフィクションだからじゃないかって思ってたし、もしかしたら自分が不感症なんじゃないかって思ってたけど、嘘じゃなかったんだ)

暗い心に光が射したかのように思えた。恥ずかしさはもちろんあるが、それ以上に悦楽を得られたことがなによりもうれしい。

「マネージャーさんっ、ああっ……気持ちいいです……っ」

気づくと、操は快楽を口にしていた。

自分を見つめる航平が、数瞬おどろいたような顔をする。

だが、すぐにやさしい微笑みを浮かべてきて、耳もとで囁いた。

「じゃあ、もうちょっと強くするから……」

膣壁への圧迫が徐々に強さを増してくる。

挿入を模した出し入れではなく、指の腹で牝膜をグッグッと押してくるのだ。

そのたびに、喜悦が全身にひろがって、勝手に腰が揺れてしまう。

（あぁっ、ダメ……っ。こんなに気持ちいいなんて信じられない……っ）

はしたない声を我慢できなかった。

しがみつく手は爪を立て、ビクビクと戦慄きを繰り返す。

漏れ出る愛液の量はすさまじく、航平の愛撫に合わせてグチュグチュと卑猥な音色を響かせてしまう。

「すごい……シーツまで垂れてる……」

「あぁっ、言わないでっ。こんなの……はぁ、ああんっ」

航平の手淫がさらに強さを増してきた。

見つけられた敏感なポイントのみを激しく、しかし丁寧に弄られる。

（ダメダメダメぇっ。それ以上されたらおかしくなっちゃうっ。気持ちよすぎて、私……っ）

こみあげる喜悦を耐えようと、全身に力をこめてしまう。

しかし、それでも襲ってくる愉悦は圧倒的だ。

身体は強張り、やがて白い肌には鳥肌がひろがった。

「ひ、ひぃっ。いやぁっ、マネージャーさんっ、やめてっ。気持ちよすぎるのっ。こんなの知らない……！」

「もっと気持ちよくなってっ。素直にいっぱい感じてっ」

震える身体を抱きしめられながら、蜜壺をかきまわされる。

もはや腰の動きは制御できない。生み出される快楽に、操はすべてを投げ出した。

「あ、あああっ、あああ！　ダメっ、ダメぇ！　はぁ、あぁぁ！」

経験したことのない喜悦が下腹部で炸裂《さくれつ》した。

弾かれたように腰が突きあがる。航平の身体を思いきりつかんだ。

（なに、これ。なんなのっ。これがイクってことなの？　頭が……ああ、真っ白になってふわふわする……）

全身は硬直しているのに、脳内は柔らかく温かいもので満たされている。

未知の感覚に戸惑いを覚えるも、圧倒的な幸福感がそれを覆いつくす。

「ん……うわっ」

指を抜いた航平が、とつぜん驚いた声をあげた。

なんだろうと思って、下腹部をぼんやりと見る。

その光景に戦慄した。

（えっ……お、おしっこ……っ。な、なんで……っ）

腰を浮かせた股間から、弧を描くかたちで液体が噴出していた。

排尿の欲求はまったくなかったはずである。まさか、それすらも気づかないほどに感じていたというのか。

「あ、あぁ……み、見ないで……うぅ……っ」

あまりの恥ずかしさに、気がおかしくなりそうだ。

ただでさえ赤い顔はますます朱を強くして、もはや火が出そうなほどだ。

「これが……潮……そうか、操さんは潮が噴けちゃうんだね」

水流が止まってから、航平がひとり納得したように呟いた。

(潮噴きって……AVとかで見るあれ……？　今のが潮噴きなの……？)

果てた余韻と極度の羞恥とで、うまく頭がまわらない。

ただ、聞きかじった情報どおり、噴き出した淫水からは尿のような臭《にお》いは感じられなかった。

「……ああ、おま×こがびしゃびしゃになりながらヒクヒクしてる」

噴き出した潮で航平も濡れている。

しかし、彼はそんなことを気にも留めずに、再び両脚を割り裂いてきた。

「う、うぅ……ダメです……今、見ちゃ……ああっ」

操の言葉を無視するかたちで、航平が再び淫膜を弄りはじめる。

愛液と潮にまみれた姫割れが、クチュクチュと卑猥な音色を奏でていた。

(マネージャーさんの……ああ、あんなに大きくなって……)

いつの間にか、航平はパンツを脱ぎ取っていた。

やさしい彼には不釣合なほどに、肉棒の姿は禍々しい。歪《いびつ》な円柱はいくつもの血管を浮かびあがらせて硬く肥大し、反り返っている。根元から何度も脈動しているさまは、まさに牡の欲望を体現していた。

(あれが……私の中に入っちゃう。元カレよりも大きいものが……今から来ちゃうんだ……)

怖くないと言えば嘘になる。処女ではないものの、挿入の違和感と痛みの記憶は消しがたい。

だが、それ以上に期待のほうが強い。

前戯だけでこんなにも気持ちいいのだ。航平とならば、性交でも経験したことのない悦楽を感受できるのではないか。操の中で眠っていた牝の本能がそう告げる。

「ああ……い、入れてください……お願いです……もう来て……」

口から出た言葉は無意識だった。

言ったあとで羞恥がこみあげるが、本能はもう否定できない。

「……痛かったら言うんだよ」

航平は頷くと、白い脚を腕でつかむ。パンパンに張りつめた亀頭が蜜口に迫ってくる。

その光景を震えながら見つめていた。

（ああ……来る……マネージャーさんと……繫《つな》がっちゃう……っ）

操は恐怖と期待とに身体を震わせながら、自らも股間を突き出していた。

4

（操さんの中に……入れていいんだよな……？）

航平は発情でぼんやりした視界の中で、操と彼女の秘苑を見つめていた。

操はか弱く不安そうな表情をしている。しかし同時に、真っ赤にした顔には女の情欲がにじみ出ていた。

姫口は彼女のイメージそのままに小さくて、可憐な花を思わせる。

淡いピンクの花弁は薄くてシワも見当たらないが、完全に開いている。中からは鮮やかな色をした粘膜が、呼吸をするかのように収縮しているのが見て取れた。

(ツルツルで真っ白な股間で、こんなにきれいなおま×こが……しかも、ふとももまでビショビショにして……っ)

愛蜜まみれの淫華を前にして、もう我慢などできるはずがない。

肉棒は痛いくらいに勃起していた。先走り汁は止まらずに、肉幹までもが粘液に濡れている。

「ああ……来てください……来て……」

「操さん……いくよ……っ」

生唾を飲みこんでから、屹立《きつりつ》をググっと突き出していく。

小さな姫口を押しひろげ、亀頭が女膜に埋まった。

すかさず、強烈な締めつけに襲われる。

(うう……やっぱり狭い……っ)

早奈恵への挿入とは、勝手がまったく違っていた。

慎重に押しすすめなければ、壊してしまうのではないかと思えてならない。

「う、うぅ……あ、ぐっ……うぅ……」

「操さん、大丈夫？　いったん抜こうか？」

「だ、ダメです……っ。抜かないで……奥まで……ああ……全部中に入れてください……っ」

苦悶に顔を歪めつつ、操が手を伸ばして航平を求める。

航平は応じて彼女の身体に覆いかぶさった。少しでも恐怖を感じないようにと、しっかり抱えて肌を密着させる。

「はぁ……あぁ……ううっ、もっと来て……ぇ！」

力いっぱい背中にしがみついた操が、自ら股間を押し出してきた。

隘路《あいろ》を勃起が滑りこみ、強引なかたちでついにすべてが埋没した。

「うぐっ……すごいキツい……」

たまらず呻きながら声を漏らすが、眼下の操のほうが衝撃は大きい。

「ううっ……ぐぅ、ぅ……奥まで……ああ、パンパンに……」

ギュッと目を瞑《つぶ》りながら、首をのけ反らせて震えている。

白い肌にはじわりと汗がにじみ出て、航平の身体を濡らしていた。

（いい匂いがする……それに、なによりかわいい……）

苦痛を耐えている彼女には不本意かもしれないが、それが航平の嘘偽りない感想だった。それはすぐに本能へと直結し、操の膣内で勃起が大きく脈を打つ。

「うぐっ……あ、あぁ……おち×ちんがぁ……はぁ……」

操の声が甘さを増していた。うっすらと開いた瞳が蕩けて光り輝いている。

(操さん、慣れてきたのかな。じゃあ……)

航平は彼女の反応を窺いつつ、ゆっくりと腰を動かしてみる。

「はあっ。あぅ……ん……うぅ、っ……」

(やっぱり。もう感じてくれている……っ)

痛みや違和感は完全には消えてはいないだろうが、漏れる吐息は愉悦を得たゆえのものだった。

「操さん……我慢しなくていいからね」

航平は彼女をしっかりと抱きかかえると、ストロークを徐々に大きくした。

ベッドの軋みが一定のリズムを刻み、それに合わせて女の熱い吐息が響く。

湿った肉同士の打擲音に混ざって、みだりがましい蜜鳴りが奏でられていた。

「ああっ、はぁ、あっ。奥にいっぱい当たって……あ、ぁっ」

操はさらに甘い声を響かせて、ついには自ら腰をくねらせる。

彼女の言うとおり、亀頭は膣奥にぴったりと密着していた。

(めちゃくちゃ気持ちいい……けど、やっぱりキツいな。うう……ち×こ全体がすご

く擦れる……っ）

先端はもちろん、肉幹までもがしっかりと締められていた。早奈恵のような包容力は感じない。しかし、若さゆえの全力の懇願が、たまらなく性感を煽ってくる。

（あんまり長持ちしそうにないぞ……このままだと出てしまう……）

抜き挿しやねじこみを繰り返すたびに、勃起は歓喜に脈動していた。気を抜くとすぐにでも射精してしまいそうだ。

「ねぇ、もっと感じさせてください……っ。入れながら……ああっ、もっと弄ってぇ……」

濡れた瞳で請う操が、航平の手を乳房へと重ねさせる。なだらかな乳丘はすっかり汗で濡れていた。硬く実った乳首の姿がやけに卑猥だ。

「くぅ……操さん……っ」

乳頭をキュッと摘まむ。そのままクリクリと転がすと、操は鋭く反応した。

「ひぃ、いっ。ああっ、気持ちいい……っ。おっぱいもおま×こも……はぁ、全部気持ちいいですぅ！」

上体をビクンと跳ねあげて弓なりにする。乳肉がつっぱって、白肌のなめらかさが強調された。

（ううっ、ヤバい……おま×この締めつけがさらに強く……これ、もう無理だっ）

航平とて操はふたりめの女だ。性戯に長けているわけでもなければ、射精をコントロールする術《すべ》など持ち合わせていないのだ。

結果、暴走した本能が腰を激しく動かしてしまう。

「ああっ、はぁ、あ！　激しいっ、ああっ、すごいですぅ！」

悦楽の虜《とりこ》と化した操が、頭を何度も振り乱す。

額や首すじは汗に輝き、明るい色をした髪が貼りつくさまが妖艶だ。

端正な唇は大きく開き、牝の悦びを叫びつづける。

「操さんっ、もうダメだ。出る……！」

幾度も肉棒で強く打擲し、射精欲求が限界を迎えた。

膣内射精になるギリギリまで粘って、一気に勃起を引きずり出す。

亀頭が抜け出るやいなや、禍々しい反り返りは大きく震えて、大量の白濁液を噴き出した。

「ああっ、いっぱい出てる……っ。熱いの……あ、あああっ」

精液は操の腹どころか胸もとにまで飛び散っていた。あまりの勢いに、自分でも驚くしかない。

操の下腹部は今もガクガクと震えていた。陰唇はぽっかりと口を開け、鮮やかなピンクの粘膜が切迫した感じで収縮している。

「あっ、あああっ……おかしいのっ。もう入ってないのに、中が勝手に感じて……あ、くっ、はぁ、あぁ！」

尻を浮かせながら硬直して、甲高い悲鳴を響かせる。

瞬間、満開の淫華から激しい水流が噴出した。

バシャバシャと音を立てて飛び散る淫水は、そのほとんどが航平の肉棒に浴びせられた。

（まだ噴くんだっ。すごい……なんていやらしい子なんだ……っ）

潮の温かさを感じつつ、操の卑猥さに酔いしれる。

思う存分撒き散らし、自分をぐっしょり濡らしてほしいと思った。

「はっ、はぁっ、あぁっ。ご、ごめんなさい……また私、漏らしちゃうなんて……」

息切れを起こしながら、操が慌ててそう言う。羞恥と絶望とが入りまじったような、複雑な表情だった。

「いいよ。むしろ、こんなにいっぱい出してくれてうれしいっていうか。操さん、身体は大丈夫かい？」

「はい……その……気持ちよすぎて……危なかったです……」

操はそう言うと、うめき声を漏らしながら、両手で顔を覆ってしまう。

あまりのかわいさに、胸の奥がきゅうっと締めつけられる。

同時に、射精を経たばかりだというのに、半勃《だ》ちのペニスへ血流が集まってしまう。

「……マネージャーさん、まだ大きくなるんですね」

操が指の間から、再び硬化する肉棒を見つめている。

情けないような恥ずかしいような感覚がこみあげて、航平はあははと笑って視線を逸《そ》らした。

すると、操がゆっくりと起きあがって、そっと勃起へ指を伸ばしてくる。

「ううっ……み、操さん、どうしたの？」

「マネージャーさんは私を気持ちよくしてくれました……だから、今度は私がマネージャーさんを気持ちよくする番です……」

細指が肉棒の根元にやさしくからむ。屹立をしっかりと固定した。

「ま、まさか……」

「ふふっ……そのまさかです……んんっ」

純粋そうな顔に蠱惑的な笑みを浮かべた操が、ふくれた亀頭に口づけを施してくる。ピンクまじりの赤い舌先でチロチロと舐めてから、ゆっくりとのみこんでしまった。

「うぐっ……ま、待って……イッたばっかりだから……」

「んぐぅ……待ちません。だって……私、またしてほしいから……」

小さな口を精いっぱい開けて、涙目になりながらペニスを根元まで頬張った。続けて、緩慢な動きで前後に首を揺らした。

（おま×こといっしょで狭くて熱い……咥《くわ》えられてるだけで気持ちいい……っ）

フェラチオの技術は、早奈恵と比べればあまりにも拙いものだ。

それでも、圧迫と熱さを感じながら、懸命に口淫をしている姿を見れば、煩悩はたやすく加速してしまう。

「んあ、ぁ……いっぱい感じてください。私も……もっとマネージャーさんを感じたいんです……」

自らの淫蜜や潮を気にすることなく、操は唇で扱いては舌を這わせつづけた。

イメージにそぐわぬ淫猥さに、航平はもはや溺れるしかない。

結局、そのあとは汗と淫水にまみれながら、何度も交わりつづけた。

互いに力つきたとき、窓の外は朝焼けに染まっていた。

第三章　トップ声優の闇

1

彩音はひとり、住んでいるマンションの一室で台本を読んでいた。

新しく放送が始まるラブコメアニメの第一話のものである。

小説投稿サイトで人気が出て書籍化されたものらしい。

彩音の役柄はメインヒロインだ。ミステリアスな雰囲気を漂わせつつも、主人公のことが大好きという設定だ。

(この子は抑えめに演技したほうがよさそうね)

自らのセリフに蛍光マーカーで色をつけていく。同時に、アフレコするときの注意点を赤字で書いた。

ある程度進めたところで、はぁとため息をつく。

赤いボールペンをテーブルに転がして、天井を仰ぎ見た。

（……メインヒロインを演じるのは、そろそろおしまいかもしれない）

今まで数多くのアニメやゲームで主役級の役を演じてきた。

演じれば演じるたびにファンは増え、今では自分に憧れて声優をめざす子もいるという。

（……いずれは……いえ、近いうちに、そんな子たちに取って代わられるんだろうな……）

予想ではない。確実にやってくる現実だ。

声優の世代交代は、恐ろしいほどに早い。しかも、その間隔が徐々に狭まっている感じすらある。

自分が十代の頃と比べると、圧倒的な忙《せわ》しなさだ。

（私なんて代わりはいくらでもいるんだもの……若くてかわいくて、演技力のある子はいっぱいいる。アニメ声優なんて、長くしがみつくことなんてできない……）

声優をめざす若者は驚くほどに多い。

さらには、大手芸能事務所の参入により、アイドルや歌手などの経歴を持った人物まで見るようになった。

競争は年々激化している。

仕事が減って、やがて完全になくなることを考えると、動悸《どうき》が速まり、身体の震えが止まらない。

彩音は俯くと、自分の身体をギュッと抱きしめた。

(別に子供の頃から声優に憧れていたわけではないけれど……もう、私には声の仕事で生きていくしかないのに……)

かつて彩音は演劇少女だった。

小学校の頃、学芸会を経験してから演じることの楽しさに目覚めたのだ。

中学と高校では演劇部に所属して、将来は演技にかかわる仕事がしたいと漠然と思っていた。

(そんなときに……今の事務所が声優志望者を募っていたのよね……)

インターネットで見かけた広告に「これだ」と思った。

声優の技術と演劇の技術は共通するところがあると聞いていたので、自分もできるのではないかと直感的に思ったのだ。

（努力もしたし、運も味方して……事務所もバックアップしてくれて、声優としては思ってた以上にうまくいってるけど……いつまでもこんなことは続かない……）

自分は声優の仕事がなくなったら、本当になにもない。それがたまらなく怖かった。

「……少し休憩しよう」

彩音はそう呟くと、なんの気なしにテレビをつける。

芸能人の街歩き番組が放送されていた。ちょうど、立ち寄った飲食店の紹介がされている場面だ。

なじみ深い声が聞こえてくる。

そこで、彩音はハッとした。

（……そうか、ナレーションか）

落ち着いて、しかしポジティブさも感じる声は、業界では誰しもが知っている大ベテランの男性声優のものだった。

彼も昔はアニメのアフレコをメインにしていたが、今では全国放送される番組のナレーションが主な仕事だ。

（ナレーションなら、アニメやゲームほど世代交代の波がない。完全な実力の世界。それに、もらえるお金も全然違うじゃない……）

アニメの場合、支払われるギャラはランク性という年功序列のシステムだ。セリフの量は勘案されない。ゆえに、若い声優を使ったほうが安あがりになる。

ちなみに、彩音の場合は一回あたり二万円弱。そこから事務所の取り分と源泉徴収分が引かれて、手もとに入る額はもっと少ない。

だが、ナレーションならば実力次第で金額が異なる。全国放送の番組ならば、一回につき五十万円は下らない。さらにテレビや動画サイトに流れるCMは、一時間程度の拘束時間で二十万円以上になる。

(お金が欲しいわけじゃない……けれど、声優として、このまま消えるのを待つのだけは絶対に耐えられない……っ)

プロの端くれとしての、せめてものプライドだ。

ダメだったらダメだったでしかたがない。なにも行動しないよりはマシである。今までの声優人生は、そうやって生きてきたではないか。

(事務所に相談してみよう。新しいことに挑戦しなくちゃ……!)

彩音はひとり頷くと、テレビ画面を見つめながらナレーションを傾聴した。

2

数週間後、彩音は都内の収録スタジオにいた。

自分以外に声優はいない。たったひとりの収録だ。

(相談してみてよかった。本当にナレーションの仕事が舞いこむなんて……)

思い立った翌日に、事務所に出向いて相談した。

なんでもいいからナレーションの仕事をしていきたいと言ったところ、新興企業のPR映像の仕事が来たのである。

ちなみに、この仕事を探してきたのは航平だという。

(私のための館林さんが動いてくれて……本当に感謝しないとね)

ただでさえ多忙なマネージャー業の傍らで、新規の仕事を取ってくるのは容易なことではないであろう。仕事の恩は仕事でしっかりと返さなければ。それが、自分と航平の評価に繋がるのだ。

(でも、館林さんも、すっかり一人前のマネージャーさんね。ああいう人がついてくれてるのは幸せだな……)

脳裏に彼の姿が浮かぶ。

新人の頃とはまるで違う、頼りがいのある姿だった。

(マネージャーさんとしてはもちろんだけど、なんだか男性としても立派な気がして……)

そこまで考えたところで、ブンブンと首を振る。

彼とはあくまでビジネスパートナーだ。よけいな私情など挟んでいいわけがない。

(私はプロだし、彼もプロ。恋愛感情など邪魔だけよ)

お互いに仕事に徹するのがマナーであろう。個人的な想いなど入りこんではならないのだ。

「じゃあ、そろそろ始めますね。まずはリハーサルってことで」

収録ブースにミキサー室からの指示が響く。

彩音はハッとし、慌てて返事をした。

「は、はいっ。よろしくおねがいしますっ」

今は仕事の最中、それも今後の方向性を決める大事な場面だ。

彩音は息を吸いこんで、仕事モードの頭にかえる。

ミキサー室にちらりと目を向けた。

収録スタジオのスタッフが操作盤を前にして座っている奥に、見慣れぬ男がこちらを向いていた。

このナレーションのクライアントである新興企業の担当者だ。確か、この会社の専務と名刺に書いていた。名前は矢野《やの》と言っただろうか。

(なんだか……目つきが怖いというか、いやらしいというか……)

矢野の視線は妙にねっとりとしていた。まるで自分を品定めしているような、邪念に満ちたものに見える。

正直に言って、生理的に嫌悪感を抱いた。

(でも……クライアントだし。それに、マネージャーさん、航平さんのことを考えれば、無碍《むげ》になんてできない)

身体に悪寒を走らせながら、手もとの原稿に目を落とす。

相変わらず矢野からの邪な視線を感じるが、できる限りのことはしなければ。

彩音はもう一度だけ深呼吸をしてから、モニターの映像に合わせて声を乗せていった。

3

（……ここはどこ？）

うっすらと瞼を開いて、映った景色はぼんやりとしていて歪んでいた。

おまけに頭が重くて、なかなか理解するまでまわらない。

（そうだ……収録が終わってから、私……）

じわじわと数時間前のことが思い出される。

担当の矢野は、彩音のナレーションを絶賛した。今後もＰＲ動画やＣＭなどを作るときは、彩音にお願いしたいとまで言ってくれたのだ。

ただ、そこで食事に誘われた。

即座にいやだと思ったが、断る直前に航平のことが頭に浮かんだ。

（私のわがままで仕事が繋がらなくなったら……館林さんをがっかりさせてしまう）

一生懸命な彼のことだ。この仕事を取ってきたときもいろいろ苦労したに違いない。

（館林さんの労力を無駄にはできなくて……食事だけならしかたがないと思って……そして……）

それなりに高級な店に連れられて、食事をしつつ酒を飲んだのは覚えている。
だが、途中からの記憶がさっぱり消えていた。
(ここはホテル……よね。もしかして……っ)
そこまで考えたところで、ガチャリとドアが開かれた。
出てきたのはバスローブ姿の矢野だ。ニヤついた顔が生理的嫌悪を煽る。
「お、ようやく目覚めたか」
彼はバスタオルで髪を拭うと、ベッドに横たわる彩音へと近づいてくる。
「いやっ、来ないでください……っ」
たまらず彩音はあとずさりしようとした。
が、身体がうまく動かない。
(えっ。どうして……？)
そこで初めて、彩音は自分の両手が頭頂部で固定されていることに気がついた。
身体から一気に血の気が引く。
「ふふん。残念ながら逃げられないよ。それに、まだ酒だってまわっているだろ？」
矢野は下卑た笑みを浮かべながら、ついに彩音に覆いかぶさる。
彩音は声をあげようとするが、恐怖で喉がつまっていた。

目を見開きながら、身体を小刻みに震わせることしかできない。

「そんな顔をするなよ。声優業界だってしょせんは芸能界だ。こんなこと、珍しいことでもあるまいに」

矢野の指が彩音の顎に触れてくる。

全身を悪寒が走り、たまらず「ひいっ」と声が出た。

(そんなこと、あるわけないじゃない。こんなの絶対にいやだっ。なんとか逃げないと……っ)

硬直した身体を無理やり動かし、彩音は矢野を振り払おうともがきはじめた。

が、女の力で大の男を退《ど》かすことなどできるはずがない。

それどころか、矢野は両手両足を使って彩音の動きを封じてしまう。

「怖がらなくていい。素直に受け入れてくれれば、悪いようにはしないさ」

矢野の指先が白い首すじをゆっくりと這う。

おぞましい感触に総毛立った。

恐ろしさと絶望、後悔とが一気に押し寄せ、じわりと両目がにじんでしまう。

「ふふ。まぁ、そんな表情もいいかもしれない。自分から喜んで股をひろげる女なんかよりは、よっぽどやる気にさせてくれるよ」

ここまでの手際のよさと慣れた言動から察するに、この男は何度もこのようなことをしているのだろう。つまり、彩音はまんまと罠《わな》にハメられたのだ。

（いやっ、絶対にいやっ。こんなことするために、ナレーションをめざしたわけじゃないんだから……っ）

されるがままはありえない。

彩音は力を振り絞ってもう一度暴れた。なんとか矢野の魔の手から逃げようと、両手両足を激しくばたつかせる。

だが、寝転がされたベッドは上質なものゆえなのか、彩音の動きを吸収してしまう。加えて、矢野の拘束する力がさらに強まった。両手足に体重をかけられ、痛いくらいだ。

「ははっ。華奢《きゃしゃ》な身体なのにずいぶんと元気がいい。もっとも……ここはまったく控えめではないけどな」

矢野の手が胸部にぐっと押しつけられる。

「ひっ。やめてっ。触らないで！」

「そう言われると、よけいに触りたくなる。ああ、なんだ、このおっぱいは。とんでもないものを持ってるんだな」

卑しい笑みを浮かべながら、矢野が乳房を弄りはじめた。

(ダメっ。おっぱい、揉まないで！)

不快以外のなにものでもなかった。こんな男に触られるなど、悪夢としか言いようがない。

「細い身体のくせに、こんなに大きなもの身につけて。今までの男もさぞ喜んでいただろうな」

まるで自分を尻軽だとでも言わんばかりだ。

恐怖とともに、どうしようもない怒りがこみあげた。

「ふざけないでっ。私の身体は、まだ誰も……っ」

口走った瞬間、しまったと思った。

矢野の両目が鋭くなる。そのぎらつきに、息をのんだ。

「ほう。まさか処女だとは……これは大当たりだな」

彩音はまだセックスの経験がなかった。

中高校時代は演劇にのめりこみ、そのあとは声優としての日々に邁進《まいしん》していた。とても、男と時間を過ごす暇などなかったのである。

(こんな男に……こんなかたちで初めてを奪われるなんて、絶対にいや。ここで処女

を散らすくらいなら、死んだほうがマシよっ）

彩音は激情の瞳で矢野を睨《にら》む。

すると、彼はさも楽しそうにほくそ笑むと、ベッドの傍らにあった自らのバッグを漁《あさ》りはじめた。

輪っか状のなにかを取り出した。ガムテープだ。

「あんまり大騒ぎされると、まわりに迷惑だからね。呻くくらいで抑えてもらわないと」

「な、なんてことをっ……んんっ」

なんとか貼られないようにと暴れたが、結局は敵わない。

端正な唇が無機質な粘着テープで覆われる。口を少しも開くことができない。

「いいねぇ。めちゃくちゃそそるよ。こんなに興奮させてくれるなんて、弓原さんはいい女だ」

矢野は嬉々として言うと、ぐっと顔を近づけてきた。

「いつまでも処女なんかじゃダメだよ。もういい大人なんだから、身も心も大人らしくしなきゃ。俺が今から女にしてやるよ」

（やめてっ。誰か助けて！　誰か……っ）

決死の叫びはこもった声にしかならなかった。

いやだいやだと頭を振り乱しても、口もとのテープは剝がれない。拘束されている両手も、まったくはずれる気配はなかった。

（いやぁ……館林さん……っ）

絶望で闇となる脳裏に浮かんだのは航平だった。

なぜ、この場で彼を思い出すのかはわからない。

だが、今の彩音には脳内の航平に助けを求めることしかできなかった。

4

（うう……もうヤダ……やめてぇ……）

彩音は暴れ疲れてしまっていた。

か細い呻きを漏らしながら、矢野から逃れるように顔を背ける。

「肌は白くてスベスベで……出るところは出すぎなほどに出てるじゃないか……ふふふ」

矢野の粘つく視線が気持ち悪い。たまらず肢体は恐れに戦慄く。

彩音は服を捲《まく》られ、スカートを下ろされて、下着姿をさらしていた。空調の効いた部屋だというのに、むき出しの肌が寒くてしかたがない。

（このままじゃ下着まで剝がされちゃう……全部見られちゃう……それだけは絶対にいやっ）

そこまでされてしまえば、もう万事休すだ。

最悪の事態が刻一刻と迫っている。

「いい加減、諦めたらどうだい。これからされることを素直に受け入れれば、声優としてはもちろん、なにもしなくても安定した生活を保証するぞ。悪い話じゃないだろう？」

つまり、愛人になれということか。

（なにが悲しくてそんなものに……絶対にお断りよっ）

敵意をむき出しにして首を振る。

すると、矢野はわざとらしくため息をついた。

「まったく……見た目によらず強情だ。声優なんて掃いて捨てるほどいるっていうのに、しがみついてどうするっていうんだ」

矢野の正体がさらに露《あらわ》になる。

彩音の応援など少しもする気はないのだろう。都合のいい性処理道具にでもしようとしているのだ。

(私のことを……仕事のことをバカにして……絶対に許さないっ)

ブラジャーに包まれた乳房に、矢野が手を伸ばそうとしている。

彩音は力を振り絞って身を翻し、そのままベッドから転がり落ちた。

衝撃と痛みが全身にひろがるが、今はそれどころではない。

(逃げなきゃっ。こんな格好でも、犯されるよりはずっとマシっ)

幸い、脚は拘束されていない。

彩音は歯を食いしばって立ちあがると、乱れた衣服もそのままに、一目散に部屋の扉へと駆けていく。

「おい、こらっ、逃げて許されると思ってるのかっ」

声を荒らげた矢野がうしろから追ってくる。

(捕まるもんかっ。捕まるくらいなら、舌を嚙み切って死んでやるっ)

彩音は本気だった。封じられた口内で舌を前歯で挟む。

拘束された両手でドアの取手をつかんだ。

オートロックに安心していたのか、鍵はかけられていない。

「んんっ、んん！」
勢いよくドアを引き、恐ろしい空間から脱出する。
部屋は角部屋だったらしく、エレベーターホールはかなり先だ。
（逃げるだけ逃げるっ。私は諦めない……っ）
靴もスリッパも履かず、靴下だけで駆け出した。
（誰か来てっ。お願い、助けて！）
この姿を見られるのは恥ずかしいが、今はそれどころではない。
彩音は心の底から念じながら、下着をむき出しにしつつ走り抜けた。
すると、エレベーターホールから物音が聞こえてきた。
ひとりではない数人だ。その足音は慌ただしい。
「んぐっ。助けてぇ！」
拘束された手で強引にテープを引き剝がし、腹の底から声を出す。
瞬間、飛び出してきた人影に、彩音は目をまるくした。
（……館林さんっ）
まさかの光景だった。人違いかと思ったが、間違いなく航平だ。
「弓原さん！」

驚愕《きょうがく》の表情を見せた彼は、すぐに自分へと駆けてくる。

見慣れたスーツ姿の航平が目の前までやってきた瞬間、彩音の力がふっと抜けた。

そのまま彼の胸へと倒れこむ。

すぐに背中に手をまわされて、しっかりと抱きしめられた。

「すみません、僕のせいです。僕がしっかりと調べたうえで営業しなかったから……本当にすみませんっ」

鼓膜を打つのは、航平の悲痛な謝罪だ。

なぜ彼が謝る必要があるのか。自分の希望に合わせて、仕事を取ってきてくれただけではないか。

彩音は航平の言葉を否定しようとした。

だが、恐怖から解放されて気の抜けた状態では、言葉など出てこない。

「う……うう……うぐっ……」

代わりにこみあげてきたのは涙だった。

嗚咽はやがて号泣となり、身なりのことも忘れて航平の胸もとに顔を押しつける。

その間に彼は、羽織っていたスーツのジャケットを脱ぐと、むき出しになっていた背中にかけてくれた。

そんな心遣いがうれしくて、さらなる涙となってしまう。

航平といっしょにやってきたホテルの従業員たちが足早に通りすぎ、先ほどいた部屋のほうから男の大きな声が響いている。

脱出には成功しても、恐怖はいまだに消え失せない。

彩音は響きわたる声に身を震わせながら、航平に力いっぱい抱きつくしかなかった。

第四章　せつない複数プレイ

1

夕刻の都心はいつもどおりに騒がしい。

空は茜色《あかねいろ》に染まり、周囲の高層ビルは夕陽《ゆうひ》を反射して眩《まぶ》しかった。

(どうすればいい……どうしようか……)

航平は事務所が入るビルの屋上で、ひとり頭を抱えていた。

あの衝撃的な彩音の一件から一週間が経《た》とうとしているが、彼女はすっかり自信を失っていたのだ。

(僕がロクに調べもせずに、闇雲に仕事を取ってきたから悪いんだ……)

あの日、自分のもとに他事務所のマネージャーから連絡が入った。

矢野の仕事をまわしたと知った彼が、マズいぞ、と教えてくれたのだ。

航平はすぐに彩音に連絡したが、電話はまったく繋がらなかった。

危険を感じ、あらゆる方面に当たって、ようやく居場所を突き止めたら、あの状況だった。

(あんなことがあったら、ふさぎこむのも当たり前だよな……そっとしておくのが、いちばんなのかもしれないけれど……)

彩音は今も仕事はきちんとこなしている。

しかし、アフレコ以外ではまったく覇気というものがなかった。どこか上の空であり、ときおり思い出してしまうのか、怯《おび》えた顔を浮かべたりもしている。

その姿は痛々しいというよりほかにない。

(謝ってどうなることじゃない。責任を取らないと……)

ただの失敗とはわけが違う。

自分の不手際で所属する声優に、ひとりの女性に取り返しのつかない傷を負わせてしまったのだ。

自分のあまりの愚かさに、航平はずっと悩みつづけていた。

「ここにいたのね……」

背後から女性の声が聞こえた。

早奈恵だった。

「主任……」

今日も彼女はぴっしりスーツを着こなしている。

だが、そんな早奈恵も表情はどこか暗くて重々しかった。

「弓原さんの件、まだ悩んでいるのね」

近づいてくる早奈恵に、航平はコクリと頷く。

「僕のせいですから。弓原さんを……所属声優を危険な目に遭わせた……いったいどうすればいいのかって……」

「あなたはなにも悪くないわ。悪いのは完全に向こうのほうでしょ」

「でも……前もってあいつが危険だって知ってれば、こんなことには……」

「それを言ったら悪いのは私よ。依頼にゴーサインを出したのは私なんだから。本当に責任を取るべきなのは私。航平くんはマネージャーとしての仕事を全うしただけじゃない」

「でも……」

隣にやってきた早奈恵から目を背けてポツリと呟く。

互いに無言になった。街の喧噪《けんそう》のみがふたりを包む。

ちらりと早奈恵に視線を向けた。

東京の乾いた風に、つややかな黒い前髪がなびいている。視線は正面のビル街を眺めているようだが、表情からはなにを考えているのか読み取れない。

「……やっぱり弓原さんのこと、諦められないのね」

早奈恵の言葉にドキリとした。

彼女に自分の本心を伝えた記憶などない。

(な、なんで知ってるんだ……)

驚きに固まっていると、早奈恵が眉尻を下げながらふふっと微笑みを向けてきた。

夕陽に照らされたその姿は、息をのむほどに美しい。

「やっぱり覚えていないのね。あの夜のこと」

「あの夜って……」

「そう。私と航平くんが初めて身体を重ねた夜。あなた、飲んでいるときに弓原さんが好きだって言ってたのよ」

衝撃的な事実に絶句した。続けて、強烈な羞恥と焦りがこみあげる。

（そんな……絶対にバレてはいけないことなのにっ）

狼狽《ろうばい》した航平は、無意識に口を開く。だが、言葉はしどろもどろだ。

「い、いや……それは……」

「勤務初日に私が言ったこと、ちゃんと覚えているでしょう？」

忘れるわけがない。特殊なこの業界において、真っ先に教えられた慣例だった。

「はい……その、所属声優とくっつくのはかまわないけど……」

「うん、けど？」

「けど……その場合は結婚するかどちらかが業界を去れ、ですよね」

「そう。この業界の不文律。関係した瞬間に、求められる究極の選択よ。実質的には、ご法度みたいなものね」

早奈恵はそう言うと、ふぅと、ひとつため息をした。

視線を落として言葉を続ける。

「あなたが弓原さんに気があったのは、とっくにわかっていた。それこそたぶん、彼女を初めて見たときには、ひとめ惚れしていたんじゃない？」

いったいどこまで鋭いのだろう。早奈恵の言うとおりだった。

早奈恵から不文律を教えられてすぐ、航平は彩音に会った。

その美貌と雰囲気に、一瞬で心を奪われた。これまで何人かの女性に恋してきたが、彼女ほどに衝撃を受けた女性はいない。

「……ごめんね、私、全部わかってたから。わかったうえで、その……あなたを求めていた」

ふいに早奈恵の表情が自嘲じみたものになる。

航平はなにも言えなかった。唇をかすかに開けながら、彼女の言葉をただただ聞く。

「あなたが所属声優に好意を抱くのは、上司としてマズいと思った……でも、それは体外的な言い訳。本当は……ただ、女として嫉妬してたのよ」

「…………」

「声優として成功して、外見も中身もあんなにきれいで……売れない声優で終わったうえに、女としても敵わない私があんまりにも惨めに思えた。だから……せめて、好きになった男の子くらいは自分だけを見てほしいと思って……」

ちらりと早奈恵の視線が向いた。

夕陽に照らされた表情は悲しい微笑みを浮かべている。ふだんの彼女からは想像もできない儚《はかな》さを感じた。

「主任……僕は……」

「待って。同情のセリフなんか言わないで」

早奈恵が語感を強めて言った。

航平は再びなにも言えなくなる。

（……僕もとっくに知っていた。主任が……早奈恵さんが僕に恋愛感情を向けてくれていたって……だけど、僕は受け入れることをためらって……求められるままに身体ばかり重ねて……）

なんと浅ましくて穢らわしい男なのだろう。あまりの愚かさに胸の奥が痛くなる。

自然と航平は自分自身に顔をしかめていた。

「もう……終わらせなきゃね。これ以上、航平くんを悩ませたり苦しめたりはできないもの。ただの上司と部下に戻らなきゃ。じゃないと……弓原さんがダメになってしまうから……」

「……え？」

早奈恵の予想外の言葉に、素っ頓狂な声が出た。

彼女はそれを聞くと、一瞬だけ驚いた顔をして、次に納得した表情をする。

「気づいていなかったのね。まぁ、航平くんはちょっと、鈍感なところがあるものね……ふふ」

「あ、あの……どういうことですか……？」

航平が尋ねると、早奈恵はやれやれといった感じで改めてため息をつく。

そして、少しだけ寂しそうな瞳が向けられた。

「……弓原さんはね、航平くんのことが好きよ。もちろん、ビジネスパートナーとしてじゃない。ひとりの男性としてね」

「へっ？」

思わぬ言葉に呆然《ぼうぜん》とした。

予想をはるかにうわまわる発言だ。冗談を言われたのかと錯覚する。

だが、早奈恵のそぶりにふざけた感じは少しもない。しっかりとこちらを向いた顔は、柔和さの中にも真剣さが見て取れた。

(でも……弓原さんが僕を好きだなんて……そんなこと……)

「思い当たらないのね。もうちょっと女のことを勉強しないと、この先いろいろ大変よ」

早奈恵はそう言って、ふふっと笑う。

「そ、その……ほ、本当なんでしょうか……？」

「それは直接本人に聞いたほうがいいわ。でも、同じ女だからね。胸に秘めている想いくらいは、なんとなくわかるもんなのよ」

女の勘、というものであろうか。

早奈恵ほどの聡明な女性のものならば、間違いはないのかもしれない。

だが、どうしても心の底から信じられるものではなかった。

(僕は一介の……しかも、下っ端のマネージャーだ。それに、仮に本当に弓原さんが僕を好きでいたとしても、今回の件でそんな想いなんて……)

彼女に好かれる要素など、考えても思いつかない。

彩音ほどの魅力あふれる女性は、自分のような冴《さ》えない男には不釣合だ。

もっと高収入で高い地位にいる男こそが、彼女の隣にいるべきではないのか。自分の好意など、迷惑以外のなにものでもないのではないか。

そう考えると、今回の件で嫌われたとしても、長い目で見ればよかったのである。

いつか彩音がショックから立ち直り、前を向くときが来たならば、自分は陰から見守っていればいい。自分にはそんな立場がちょうどいい。

「航平くん……今、つまらないことを考えてるでしょ」

ひとり思案していると、早奈恵の低い声が降ってきた。

ハッとして彼女を見る。

微笑みは消えていた。代わりに浮かんでいるのは、悲痛さを併せ持った怒りの顔だ。

「男なんだからしっかりしなさい！　本当に好きな女くらい、しっかり守って気持ちをぶつけなさいよ！」

眉尻をつりあげて甲高い怒声を響かせる。

「しゅ、主任……」

「返事をしなさい。わかりましたのひと言でいいの。それ以外の返事をしたら、思いっきり引っぱたいてやるから……っ」

そう言ってから、グッと歯を噛みしめていた。

つり目ぎみの整った双眼にキラリと光るものが見て取れた。初めて見る早奈恵の涙に、自然と背すじが伸びる。

（そうだ……ここまで言われた以上はあとには引けない。もうすべてに白黒をつけるときなんだ）

グッと両手を握りしめる。

立場の違いなどはもうどうでもいい。自分の気持ちを素直に伝えよう。それでダメなら、そのときはそのときだ。

「……わかりました」

いつになく真剣な眼差《まなざ》しで航平は言った。

ふふっと早奈恵が柔和な笑みを取り戻す。

「もしそれで……受け入れてもらえなかったら、私のところに来ればいいから……がんばって」

早奈恵の言葉はどこまでもやさしい。

もし、彩音に出会わずに彼女とだけ知り合っていれば、間違いなく惚れていたであろう。

（主任……ありがとうございます）

航平は唇をギュッと締める。大きく息を吸ってから、心の底から頭を下げた。

そのときだった。

階下へと繋がる階段から、なにか物音が響いてくる。

「えっ？」

航平は反射的に勢いよく振り向いた。

飛びこんできた光景に目をまるくする。

「あ、あはは……す、すみません……」

そこにいたのは操だった。気まずそうにぎこちない愛想笑いを浮かべている。

足下にはトートバッグが落ちていた。

(な、なんでこんなところに操さんが……)

予想外のことに呆然とする。

同時に、マズいことを聞かれたのではないかと不安になる。

「あ、あのさ……みさ……五十嵐さん、もしかして、今の話は……」

恐るおそる尋ねると、操は視線を逸らしながら頬をかく。

「う、うん……ごめんなさい、全部聞いちゃってた……」

(マジかよ……)

今の会話は早奈恵とだけの絶対の秘密である。

タイミングの悪さに絶望するしかない。

「あなた……確か養成所の子だったわよね。どうしてこんなところに?」

頭を抱える航平に代わって早奈恵が言った。

「えっと……その、なんとなく……」

「正式な所属契約どころか養成所も出てない子が意味もなく来るわけないでしょ。いったいどんな理由で来たのか、はっきりと答えなさい」

先ほどまでのやさしさとは打って変わって、早奈恵が厳しい口調で問いただす。

操が、ひっと小さく悲鳴をあげた。新人声優にもなっていない彼女には、早奈恵の迫力は強すぎるのだろう。

「そ、その……マネージャーさんに用事というか……お話がしたいなぁ、って思いまして……」

「話……いったいどういうこと？」

早奈恵の柳眉がピクリと動いた。

今度は航平が彼女に青ざめる。

（ヤバい……っ。あの夜のことを知られるのはマズすぎるっ）

当然ながら、操との一件は絶対の秘密だ。

知られたら最後、操の将来が消えかねない。

航平は慌てて嘘をついた。

「いやっ、今日のレッスンで辻本さんから伝言を預かってるとさっき聞いてたんですよ。そうだそうだ、すっかり忘れてて、今思い出しました……っ」

「……辻本さんは今日講師をする日じゃないけれど？　今日は海外ドラマのアフレコの日じゃないの」

（しまった……っ）

口走った先から誤りを指摘されて絶望する。

案の定、早奈恵の疑問は強くなり、腕を組む姿にすごみが増した。

「航平くん、ちゃんと説明して。まさかとは思うんだけど、あなた……」

もう万事休すだ。

自分のしでかしたことである以上、自分で責任を取らなければならない。

航平は観念して口を開いた。

「あの……すみません……じつは彼女と……」

「私が悪いんですっ。私がお願いしたからなんですっ」

操が叫ぶように言って、傍らへと駆け寄ってきた。

早奈恵の瞳が彼女に向く。氷のような冷たさだ。

操は一瞬怯《ひる》んだが、大きく息を吸いこんでから言葉を続けた。

「私が挫《くじ》けそうで……もう無理になりそうだったから……だから、マネージャーさんといっしょにいてもらいたかったんです。それだけなんです」

(操さん……)

「いけないことだとは思いました。でも、どうしても耐えられなくて……私が誘ったんです。マネージャーさんのやさしさにつけこんだ私が悪いんです」

そこまで言ってから、ポツリと「ごめんなさい」と呟いた。

早奈恵はなにも言わずに、じっと操を見つめている。

三人の間に静寂が訪れた。

一分二分と時間は進み、空気がどんどん重苦しくなった。

「……わかったわ」

ろくに瞬《まばた》きもしなかった早奈恵が、ようやく口を開いた。

その声はなにかを決意したような、やたらとしっかりしたものだった。

「五十嵐さん……だったかしら。あなたも女ですものね。誰かに寄りかかりたいときもあるでしょう。私だってそういうときがある。だから、航平くんとこんな関係になっていたわけだし……」

ちらりと早奈恵の視線が航平に向いた。

その瞳にハッとする。

彼女の考えていることがにじみ出ていた。

(え……嘘だろ……)

どうしてそんな目をするのか理解ができない。

だが、訴えてくる瞳はこれまでに何度も向けられたものの、逢瀬に誘うときのものだった。

「……五十嵐さん、このあとに予定はあるかしら」

「いえ……今日はバイトもないのでなにも」

操の答えに、早奈恵は満足そうに微笑んで頷いた。

「じゃあ、少し待っててくれないかしら。ちょっとつき合ってほしいの」

恐ろしいほどによくないことがはじまる。そんな予感に航平は震えた。

2

窓の外はすっかり夜になっていた。

無数のビルの明かりや光の流線を描く首都高、橙色《だいだい》に輝く東京タワーが美しい夜景を演出している。

「ほ、本当に……するんですか？」

航平はかすれた声で、早奈恵に尋ねた。

「もちろん。私たちは秘密を共有してしまった。なら、秘密を守るために三人いっしょに秘密を作らなきゃね」

シャワーあがりの早奈恵はそう言うと、ベッドの端に腰を下ろした。その隣にいた操が、ビクリと肩を震わせる。顔は俯き、頬は真っ赤に染まっている。

(三人いっしょにホテルって……早奈恵さん、なんてこと考えるんだ)

決して外部に漏らしてはいけない秘密を知ってしまった以上は、それをうわまわる秘密を作らねばならないと早奈恵は言った。

それでも、事実上強制されたこの状況は、常識や倫理観からはあまりにもはずれている。航平はまったく落ち着けなかった。

「は、恥ずかしいです……」

操が顔を俯かせながら呟いた。

「だからするのよ。私だって、まったく羞恥心がないわけじゃないんだから」

そう言ってから、そっと操の背中に手を置く。

「ふふふ……怖がらなくていいのよ。あなただって、航平くんとのひととき、とってもよかったのでしょう?」

つつっと指先で背すじをなぞると、操がピクンと身体を震わせた。

「うあっ……あ、ぁ……」

「あら、かわいい声出しちゃって……けっこう敏感なのかしらね」

早奈恵の顔には妖しい微笑みが浮かんでいた。ほんのりと桜色に染まった頰は、湯あがりの火照りだけのものではないであろう。

「じゃあ、まずはあなた……操ちゃんから脱いでもらおうかしらね」

早奈恵はそういうと、操が身にまとっていたバスローブに手をかける。

「え、えぇ……ま、待ってください。まだ心の準備が……」

「そんなもの待ってたら朝になっちゃうでしょ。それに、こういうのは思いきりが重要なのよ」

結ばれていたバスローブのひもが解かれた。

操の前面がさらされる。

「ほら、航平くんもしっかり見ててあげてね。いっしょにこの子のエッチな姿を見てあげましょう」

操の身体を航平のほうへとしっかり向かせて、スルスルとバスローブを剝いでしまう。

現れた下着はスポーツタイプのものだった。伸縮性に富んだグレーの布地と真っ白な素肌との対比が眩しいほどに美しい。

「あっ……いやぁ……」

あまりの恥ずかしさで、操は耳や首もとまでをも赤く染めている。

「まぁ、とってもきれいな肌してる……ああ、スベスベしてて素敵……」

腰や腹部、さらには太ももへと手のひらを滑らして、操の身体を堪能する。

女からの卑猥な愛撫に、操はプルプルと震えつつ、湿った吐息を漏らしはじめた。

「あ、ぁ……いやぁ……ん、ん……」

「とってもかわいい……もっといろいろしてあげたくなっちゃう……」

早奈恵はそう言うと、ちらりと航平に視線を向けた。

発情した瞳には、いつも以上の妖しさが満ちている。

(うぁ……こんな光景を見せられたら……)

すでにパンツの中では一物がじわじわと容積を増していた。

彼女の両目がそれに気づく。

「ほら、操ちゃん、航平くんのアレ見て。もうあんなにおっきくしてるわよ」

早奈恵に言われて、操も見る。

濡れた瞳が大きくなって、息をのんだのがわかった。

「あ、あぁ……マネージャーさん……」

羞恥に染まった顔には、徐々に色欲が表れていた。

照り輝く白い肩が呼吸に合わせて上下に揺れて、その間隔は短くなってくる。

「あなたで彼をもっと興奮させましょう。ほら、私たちに全部見せて」

早奈恵の両手がスポーツブラに添えられて、ゆっくりとずらされる。

操はもう抵抗しなかった。せつなそうな吐息を漏らすだけで、早奈恵にされるがままである。

なだらかな下乳が現れて、ついにはすべてがさらされる。

「あらら、思ったとおりかわいいおっぱいしてるじゃないの」

早奈恵は満足そうに微笑むと、両手でやさしく乳肉を包んでしまう。

「あ、あぁ……こんな小さいおっぱい、恥ずかしい……」

「なに言ってるの。とってもプリプリしてきれいよ。ふふ、乳首もこんなに大きくなっちゃって」

早奈恵の指先が硬く実った乳頭に添えられる。

瞬間、操の身体がビクンと跳ねあがった。

「んあっ。ダ、ダメ……はぁ、んんっ」

「やっぱり敏感なのね……たっぷり弄ってあげましょうね」

早奈恵は彼女の耳もとで囁くと、そのまま乳首を指の腹で転がした。

操が甘い声を響かせる。のけ反った首すじは、濃いピンク色に染まっていた。

「声までかわいいんだから……あなた、いい声優になれるわよ」

そう言って、肩から首すじにねっとりと舌を這わせてしまう。

「ひぃ、んっ。舐めちゃ……あぁんっ」

「ああ、その反応たまんないわ。女の子とのエッチもいいかも……ふふっ」

早奈恵の吐息も熱さが増している。白い肌を滑る舌は止まることがなく、ついには唇でチュッチュと啄《ついば》みはじめた。

(なんてエロいんだ……いや、エロいなんて言葉じゃ表現できないくらいにヤバいぞ、これ……っ)

美女が美少女を卑猥に愛でている光景は、淫猥なだけでなく、美しさとともに尊いとすら感じてしまう。ひとときも目が離せなかった。

一方で股間はとっくに限界までふくれあがり、ビクビクと脈動を繰り返している。跳ねあがるたびにカウパー腺液が飛び出てしまい、テントの頂点には大きなシミが描かれていた。

「ふふ……航平くん、いつまでそこで眺めているの？」

ねっとりとした視線で、早奈恵がこちらを見る。

「航平くんも参加して。三人いっしょにいやらしくて気持ちいいことしないとダメよ……」

危険で、それゆえに途方もないほどに甘い誘惑だった。

航平は腰かけていた椅子から立ちあがり、ふらふらとふたりに近づいていく。

醸し出される卑猥な空気に、自分の意識がぼんやりとしていくのを感じた。

(僕も見ているだけじゃ我慢できない……早奈恵さんに操さん、今はどっちともしたくてたまらない……っ)

良識のかけらもない欲望は、もう制御など不可能だった。

昂った獣欲が航平の呼吸を乱れさせている。

航平は操の前に出て、喘ぐ彼女を見おろした。

「操ちゃんにおち×ちんを見せてあげましょう……操ちゃん、航平くんのパンツを脱がせてごらんなさい」

早奈恵はそう言うと、操の両手をパンツへと伸ばさせる。

操の指先は震えていた。冷たくはない。むしろ、熱いくらいの体温だ。

(操さん、かなり興奮しているのか……)

恥ずかしさは消えていないだろうが、それ以上に色欲が勝っているようだ。

熱い吐息は荒くなり、大きな瞳は妖しい潤みを湛えている。

「あ、あぁ……」

操はせつなそうに声を漏らすと、ボクサーブリーフをゆっくりと引きずりおろす。

瞬間、解放された肉棒がばねじかけの要領で弾け出た。

「あら……やっぱり何度見ても立派ね。ふふ、先走り汁でドロドロになってるじゃないの……」

早奈恵が、ほぅと発情の吐息を漏らす。

操はなにも言わなかった。目の前でビクつく勃起に瞬きも忘れて見入っている。

甘い呼吸がペニスに吹きかかり、それだけ愉悦が全身にひろがった。

(美女ふたりから同時にち×こを見られるなんて……恥ずかしいけど、興奮が止まらない……っ)

すでに肉槍は最大限まで肥大しているのに、血流の集中が止まらない。

限界を超えて反り返ろうとする脈動が痛いくらいだ。

「マネージャーさんのおち×ちん……ああ、すごい……」

操の呟く声は蕩けたものになっていた。

彼女の両手が肉幹に触れる。

やさしく包まれる感覚に、航平は無意識に腰を震わせた。

「うう……っ。み、操さん……」

「とっても熱くて……ああ、めちゃくちゃ硬い……あぁ……」

操の手がゆっくりとペニスを撫でまわす。陰茎はもちろんのこと、亀頭や陰嚢までをも刺激してきた。

「クチュクチュ言ってるわね……本当にエッチでイケナイおち×ちんね……」

早奈恵の表情もすっかり牝の色が強くなっていた。

よくよく見ると、ベッドに腰かけた下半身がかすかに揺れ動いている。

「はぁ……私……どんどん変な気分に……」

「いいのよ、操ちゃん。そういうことをするための今なんだから。あなたの求めるままにしてごらんなさい」

早奈恵がささやき声でそそのかす。

操は上目遣いでこちらを見た。卑猥さとかわいさの同居した姿に、思わずゾクリとする。

「操さん……ああっ」

名前を読んですぐだった。

操がそっと切っ先に口づけをする。

舌先で軽く弄ると、ゆっくりとのみこんでいった。

「んっ……んんっ。ふぅ、ん……」

苦しそうに呻きつつも、口淫を続ける。

やがて、肉棒の根元まで口に含んで、そのまま舌をからませた。

(気持ちいい……熱くてトロトロで……これ、たまんないよ……っ)

こみあげる愉悦に、航平は吐息を震わせた。

これまでの淫行とは湧きあがる興奮が桁違いだ。異常な状況が感覚を狂わせているのだろう。

(気を抜くとすぐに出ちゃいそうだ……うぅ……)

「女の子がおち×ちんしゃぶってる姿って、とってもエッチで素敵ね……見てるだけでたまんなくなっちゃう」

感嘆を漏らした早奈恵が、再び操の身体を愛撫する。

なだらかな乳房をこねまわし、乳頭を摘まみあげた。

それだけで操は肩を震わせる。勃起を包む口腔がキュッと引きしまった。

「んぐっ……んあっ……あぁうんっ」

「ほら、ちゃんとしゃぶらないとダメでしょう？　おち×ちんから口を離さないで」

早奈恵は淫靡に微笑みながら、操の頭をつかむとググッと勃起に押しつける。

「ぐぅっ……んんっ、んふっ……んんっ」

「そう、そのままよ……いっぱいジュポジュポしてあげなさい。あなたも航平くんのおち×ちん、大好きでしょう？」

早奈恵の問いに、操がコクコクと頷いた。

すると、とたんに彼女の口淫がねちっこさを増してくる。

大量の唾液をからめながら、早奈恵の言うとおりにジュポジュポと音を立てて顔を前後に振りたてた。

「うあ、っ……操さん、ちょっと激しい……っ」

たまらず航平は訴えるが、彼女の動きは止まらない。

目にはたっぷりと涙を湛え、ポロポロと滴が頰を流れる。

もはや苦しささえ愉悦に変わっているのかもしれない。

「うふふ……操ちゃん、自分のここもグジュグジュになってるじゃないの」

早奈恵はさも楽しそうに言うと、胸を弄っていた手を股間へと忍ばせていく。

パンツの上からなどではなく、いきなり中へだ。

果蜜にまみれた姫割れが触られるやいなや、操が両目を大きく見開く。

「ふぐぅ！　んんっ、んふぅ……ぐぅ！」

操は太ももをぴったりと閉じるも、すでに淫裂は早奈恵の手の中だ。

早奈恵が手を動かすたびに、グチュグチュと淫らな粘着音が立ちのぼる。

「すごい……こんなに濡らしちゃってたのね。もう私の手、操ちゃんのエッチな液まみれになってるわよ。かわいい顔していやらしい子……」

早奈恵の発情した吐息が、操の耳もとや首すじを撫でていた。

操はいやいやと首を振りつつ、必死で肉棒を咥えつづける。唇からは唾液があふれて、顎を伝って白い太ももへと滴り落ちていた。

だが、さすがに苦しくなってきたのか、柳眉を汗で濡らして歪ませる。

「航平くん、彼女の頭を固定して。このままだとおち×ちん、吐き出しちゃうから」

「えっ……でも……っ」

「いいから。言われたとおりにやりなさい」

凶悪な命令に絶句した。

まだ少女の面影を残す操に、そんな野蛮なことをしていいのだろうか。

だが、航平も多少の嗜虐《しぎゃく》性は持っている。実際、操のようないたいけな女性に少しばかりひどいことをしてみたい。

(操さん、ごめんね)

航平は心のなかで詫《わ》びると、言われたとおりに操の頭を両手でつかんだ。決して肉棒を吐き出さないよう、ある程度のストロークができる範囲で固定してしまう。

「んんっ、んぐぅ……っ。んっ、んぶぅっ」

早奈恵の愛撫はさらに激しさを増していた。

手つきから察するに、彼女の膣内に指を入れてかきまわしているのだろう。

それだけでなく、とがりつづける乳首までをも摘まんでいた。

女を象徴する部分の二点責めに、操は過敏に反応している。腰は前後左右に揺れ動き、ビクビクと白い身体を震わせていた。

響いてくる粘着音は、聞いているこっちが恥ずかしくなるほどに卑猥だ。

(ヤバいぞ……このままだと出る。イッてしまう……っ)

射精欲求が急速に迫ってきた。

操は涙と汗と唾液とでグチャグチャになりつつも、必死にペニスをしゃぶっている。

そんな光景と与えられる愉悦とが、牡欲を暴力的に刺激してくる。

「ま、待って……ああ、出る……っ。もう出ますから……っ」

このまま操に口内射精するのはひどすぎると思った。たまらず航平は腰を引く。

「ダメよっ。誰がフェラをやめていいって言ったのっ」

あろうことか、早奈恵の片手が腰をつかんで操の口内へ、ググッと引き寄せた。

ゴリッと亀頭が喉奥と擦れ合う。

「ふぐぅ！　ぐっ……あぐっ……ぐふっ」

操がくぐもった悲鳴をあげるが、早奈恵はいっさい構おうとしない。

それどころか、操の後頭部をつかむと、肉幹の根元へと押していく。

「操ちゃんもよ。そのきれいなお口でとことんおち×ちんを味わいなさいっ」

彼女の秘所がさらに苛烈に弄られた。

白い身体が小刻みな戦慄きを繰り返す。

航平の太ももをつかんだ手が爪を立て、ぎりぎりと肌に食いこんだ。

「んっ、んんん！　んぐっ、んぐぅ！　んっぐぅうう！」

なめらかな白肌が粟立《あわだ》って、すぐに全身が硬直していた。

弾みで肉棒が強烈に圧迫される。

あまりの刺激に、下腹部の我慢はついに崩壊した。

「うぐっ、出るっ……あ、ああっ」

股間で欲望が弾け飛び、重い衝撃に腰が揺れる。

操の口内で白濁液が噴出し、勢いよく喉奥へと流れこむ。

彼女の顔が真っ赤になった。咥えつづけるのもいよいよ限界だ。

「んぶっ、げほげほっ……はぁ、っ……ああ……っ」

全力で頭を振った彼女が肉棒を解放した。

しかし、射精はまだ終わっていない。結果、噴き出す精液は彼女の顔面へと降り注いでしまう。

口のまわりはもちろんのこと、鼻すじや頰、瞼や額まで白濁液まみれだ。

「こら、ダメじゃないの。ちゃんとお口で全部受け止めなきゃ」

早奈恵はそう言って、咳きこむ操に頰を寄せる。

次の瞬間、今日何度目かの衝撃に襲われた。

操にこびりついた精液を、早奈恵が舐め取りはじめたのだ。

「はぁ……相変わらず濃くて素敵……本当は私が全部飲みたかったのに……」

陶酔の表情を浮かべつつ、舌を器用にくねらせては白濁の粘液をすくい取る。

操は呆《ほう》けた顔で虚空を見つめる。絶頂の余韻で思考が回復しないのか、抵抗するそぶりさえ見せていない。

（なんてことしているんだ……早奈恵さん、エロいにもほどがあるよ……）

これまでも仕事とベッドとではまったく違う顔を見せてはいたが、まさかこれほどだったとは。

呆気《あっけ》に取られた航平は、ただただ痴態を繰りひろげるふたりを見おろすだけだ。

「はぁ……あぁ……舐めてください……口の中も……」

操はそう言うと、早奈恵のほうへと顔を向ける。

すぐに早奈恵が唇を奪って、ねっとりと舌を挿し入れた。

白濁液とふたりの唾液とが下品な粘着音を奏でつづける。

（すごい……女の人同士がするキスって、こんなにもいやらしいのか……）

極端なまでに発情したふたりの口づけは、さらに濃厚さを増していた。唇から唾液をこぼしてもやめようとしない。

ついにはお互いに抱き合って、肌まで密着させようとする。

（うわぁ……こんなの見てたらもう……）

ペニスに再び力が漲《みなぎ》る感覚があった。

「んふっ……航平くん、もう元気になってきた。私たちで興奮してくれているのね」

唾液でべっとりの唇を綻ばせて早奈恵が言う。

そっと指を伸ばして、陰嚢から先端までをゆっくりと撫でてきた。悦楽が痺れとなって脚を震わせる。

「入れるなら、もっとガチガチになってもらわないと……」

早奈恵はそう呟くと、勃起の裏すじに舌を這わせる。そのまま陰嚢をのみこんで、左手で亀頭を擦過しはじめた。

「うぐ、っ……ま、待ってくださいっ。イッたばかりだから……あぁっ」

「ダメ、待たないわ。航平くんは、ひと晩に何回も勃起できるじゃないの」

挑むような淫靡な笑みを浮かべつつ、グチュグチュと手淫の音を響かせる。

そんな光景を、操がぼんやりと見つめていた。

半開きになっている唇からは、発情の甘い吐息が止まらない。

早奈恵の淫戯と操の様子に、肉棒はあっけないほど簡単に反応する。

下腹部へつきそうなくらいに反り返り、重くて力強い脈動を繰り返していた。

「これで完璧ね……さぁ、航平くんもベッドにあがって」

早奈恵はそう言うと、今度は操を背後から抱きしめる。

(違う。抱きしめてるんじゃない。あれは……っ)

「あぁっ……こんなのダメぇ……っ」

「嘘つき。本当は期待しているくせに……」

早奈恵が操の両脚をつかむ。そのままググッと押しひろげた。

「ああ……いやぁ……っ」

恥ずかしさに顔を背ける操だが、秘所は完全に航平へさらされている。

その光景の卑猥さに目眩がしそうだ。

(本当にグシャグシャだ……っ。お漏らししたんじゃないよな……)

無毛の股間は大量の蜜に濡れていた。大陰唇はもちろんのこと、恥丘や内ももまでもが妖しく照り光っている。

淫華はすっかり満開で、牝芽は包皮を脱いでいた。鮮やかな膣膜がヒクヒクと収縮しているのがよく見える。

「同じ女だからわかるのよ。入れてほしくてしかたがないでしょう？　ほら、腰までクネクネしちゃってるじゃないの」

早奈恵の言うとおり、操の股間は上下左右に揺れている。

淫膜が収縮するたびにクチュクチュと蜜鳴りがして、ドプリと愛液があふれ出す。

操の肉体が挿入を渇望しているのは明白だ。

「ねぇ、入れてあげて。ふたりでもっと気持ちよくしてあげましょう？」

早奈恵の瞳が妖しく光る。にじみ出る淫猥さはいつも以上だ。この常識はずれの状況に、彼女もかなり興奮しているのだろう。

（入れたい……たぶん、今までにないくらい興奮してしまうかも……）

禁断の複数プレイに本能が歓喜に踊り狂う。

航平はコクリと頷くと、操の脚をがっちりとつかんだ。

羞恥と緊張、そして興奮に顔を歪めた操が勃起を見つめる。

もう我慢できない。

航平は亀頭を膣口に引っかけると、そのまま一気に肉棒を挿しこんだ。

強烈な挿入感が操の脳天を貫いた。

部屋中に叫び声が響きわたる。なにを叫んだのかは、自分ですらわからない。

（ダメぇ……こんな……事務所の偉い人の前でセックスなんてダメなのに……）

傍らでは早奈恵が淫靡な微笑みを浮かべながら見つめている。

本来、セックスなど他人に見せるものではない。

なのに、それを目の前で凝視され、それどころか身体中を弄られる。異常というよりほかになかった。

「ううっ……操さんの中、めちゃくちゃキツい……」

勃起のすべてを挿しこんだ航平が、歯を食いしばりながら呻いた。

「こんなエッチに興奮しているのね。ふふ、本当にエッチな子なんだから……」

早奈恵が再び乳房に手を乗せてくる。

フェザータッチの要領で乳肉や乳首のまわりを撫でて、まるで焦らすように愛撫する。それだけで、挿入とは異なる愉悦が生まれて、操の身体を震わせた。

「あ、ああっ……ダメぇ……そんな触っちゃ……ああんっ」

抵抗の言葉はふたりをさらに刺激するだけだ。

乳首を左右同時に摘まれる。そのあとは指の腹で転がされ、乳暈を集中的に撫でまわされた。

「あ、ああんっ……どっちもいっしょなんて……あ、あうぅ……」

「かわいい……もっとしてあげたくなっちゃう……」

快楽に顔を歪める操を、早奈恵が熱い瞳で見つめている。

自分のすべてを見られることに、言いようのない恥辱が全身を走った。

だが、同時に感じてしまう。

(こんなことおかしいのに……なんでなの、気持ちいいって思っちゃう……私、今ま

でにないくらいに興奮してる……っ）

もはや自らの卑猥さを否定できなかった。

複数で、しかも同性から愛撫されるというのに、確かな快楽を得てしまっている。

されればされるほどに悦楽は強くなり、吐息は熱さとボリュームを増していた。

同時に腰が動いてしまう。それだけで、挿入されているだけの勃起と内部が擦れて、たまらない愉悦がこみあげる。

「気持ち、いい……ああっ……おっぱいも、アソコも気持ちいいです……」

たまらず本音を口にした。

それに早奈恵がふふっと笑う。

続けて、彼女は航平に言った。

「ほら、もうなじんだだろうから動いて。操ちゃん、おま×こで感じたいってビクビクしてかわいそうよ」

この場には不釣合なほどのやさしい声だった。

されていることはインモラルなのに、心遣いだと感じてしまう。

「わかりました……っ」

航平が操の腰をつかむ。

瞬間、ズンッと膣奥を抉られた。

「んひぃ！　あ、ああっ……くはっ」

強烈な快楽がこみあげて、おのずと上半身が反り返る。

航平の腰の動きは続けられた。ゆっくりと確かめるような突き入れは、激しさこそないものの、生み出される喜悦はすさまじい。

（なに、これ……っ。入れたばかりなのに……こんなに気持ちいいなんて……ダメぇ、感じるの我慢できない……っ）

最奥部を亀頭で押されるたびに、全身を快楽が駆けめぐる。白い肌はビクビクと震えて、じわじわと汗がにじみ出た。

そんな操を、早奈恵がじっと見つめている。

「気持ちよさそうね。いやだダメだと言っておきながら、やっぱりとってもエッチな女の子なんじゃないの」

そう言ってから、突き出した乳房を唇で触れてくる。

すぐに乳首を舐められた。続けてチュウっと吸いついてくる。

「ふあ、あっ。ああっ……おっぱいもいっしょなんて……あ、ああっ」

性交の圧倒的な悦楽の中で乳頭への愛撫は、あまりにも刺激が強い。

操はたまらず全身を跳ねあげて、快楽を叫んでしまう。

それを早奈恵がベッドへと押しつけ、拘束する。

「暴れちゃダメよ。素直に私たちからの気持ちよさを受け取りなさい。こんなもんじゃないんだから……っ」

早奈恵の吸引が強くなる。同時に舌先で弾いては、前歯でカリカリと甘噛みしてきた。

「あ、ああっ……それダメっ、感じすぎちゃうっ」

「航平くん、もっとおち×ちん突き入れて。操ちゃんのおま×こ、もっとグチャグチャにしてあげてっ」

操の言葉を無視した早奈恵が、残酷な指示を出す。

「わ、わかりました……くぅっ」

「ま、待って……っ。激しくしちゃ……はぁっ、あああん！」

航平の股間が力強くぶつかった。バチュン、と打擲音が響くとともに、強烈な喜悦が迸る。

（こんなのダメっ、ダメなのっ。おかしくなるっ、壊れちゃう……っ）

航平のピストンは休むことなく続けられた。

突き入れられるたびに、蜜壺内の特に敏感なところを擦られては圧迫される。

それに肉体は過敏に反応した。

愛液はとめどなくあふれ出て、グチュグチュと蜜鳴りを響かせる。全身には汗が噴き出て、せっかく洗った髪が濡れては額や頬に貼りついた。

「うふふ、ものすごいエッチな顔してるわよ。あなた、私が思った以上にこういうの好きなのね」

早奈恵が顔をのぞきこんで、すぐに唇を塞いだ。

すかさず舌をねじこんで、口内の唾液を攪拌する。さらには舌にからみつき、唾液ごと吸われてしまう。

「んんっ、んぐっ……ふあ、ぁ……はぁ、ああんっ」

「キスを解いちゃダメよ。私が止めるまで許さない……っ」

早奈恵が頬をつかんで強引にキスを再開する。

同時に、乳頭を摘まんで刺激してきた。ひっぱりながら、クリクリと転がし、爪の先で引っかいてくる。

（ああっ、もうわけわかんない……っ。気持ちよすぎて、私……このままだとバカになっちゃうっ）

喜悦の激しさは危機を感じるほどだ。

しかし、逃れることは叶わない。暴風のような快楽に、身をさらしつづけることしかできなかった。

「ううっ、ふたりともエロすぎますっ。そんなの見せられたら、僕……っ」

航平のピストンがさらに激しいものになる。突きのひとつひとつに重さが増して、膣奥から子宮にかけてを揺らしてきた。

「んあ、ああ！　すごいのっ、激しいの！　壊れるっ、壊れちゃうっ。アソコ、おかしくなるぅ！」

「んふふっ、どこが壊れちゃうの。アソコってどこ。言ってごらんなさい」

邪悪で蠱惑的な瞳が操を見つめる。

牝悦に狂う操には、抵抗する余力など微塵《みじん》もない。

「おま×こっ、おま×こですっ。ああっ、ホントにダメっ。おま×こも私も壊れちゃう！」

もはや恥も理性も消えていた。無理やり引きずり出された牝としての本性が、操を卑しい獣へと変えていく。

「じゃあ、壊れちゃいなさい。ほらっ」

早奈恵が左右の乳首をギュッと強くつねった。

全身を鋭い喜悦が走り抜け、脳内でピンクの火花が弾け飛ぶ。

「くあ、あ！　ああっ……はぁ、あぁんっ」

首をのけ反らせたところで、さらなる激悦に襲われた。

航平の打擲が暴力的な激しさに変貌する。

「くっ、ぅ……操さん、ごめんっ。もう僕、抑えられない……うあ、ぁ……っ」

まさに猛々しい獣の動きだった。ふだんのやさしい彼からは考えられない荒々しさに、操の本能が火を噴いた。

「出してぇ！　中に出してっ。この前みたいに全部くださぃ！」

無意識に腰を上下に激しく振っていた。獣と化した操には、もう膣内射精の悦びしか考えられない。

同時に喜悦が一気に頂《いただき》へと近づいていく。抗うことなど不可能だった。

「あぁっ、イ、イッちゃう……っ。イクっ、イクぅ、ううぅ！」

手もとのシーツを思いきり握りしめ、身体が大きく弓なりになった。

瞬間、下腹部と脳内で喜悦が盛大に爆発する。

「イッくう！　──っ」

絶叫の最後は声になっていなかった。視界も思考も真っ白になって、荒れ狂う快楽に翻弄される。

「ううっ、出る……ああっ」

強烈に勃起が打ちこまれ、ビュルルと熱い粘液が膣内を満たした。

その感覚だけがやたらと鮮明で、操は絶頂のさらに上へと意識を飛ばされる。

（ああっ、狂うっ、狂わされる……っ。こんなのありえない……こんな気持ちいいセックス、信じられない……っ）

全身の筋肉が硬直し、身体の自由は利かなかった。

「あら……この子、もしかして潮噴いてるのかしら……ふふふっ……」

ビチャビチャとなにかが噴出する音がした。

それが自らの淫水であることに、操は気づくだけの余力はなかった。

3

大量の精液を出し終えてから、航平はぺたりとその場に崩れ落ちた。

膣膜は肉棒が滑り出ても口を開け、やがてゆっくりと白濁の淫液を垂れ流す。

それが噴き出した潮で作られた液だまりへと落ちてはひろがっていった。

（なんていうか、すごい光景だ……）

異様なまでに淫猥な光景だった。卑猥という言葉すら物足りない。

「すごかったわね。私までもここまで乱れないわよ、ふふふ……」

絶頂の衝撃で呆然としている操を寝かせると、早奈恵はやさしく彼女の身体を撫でる。汗に濡れた白い肌が、ときおりピクピクと戦慄いているのが淫靡だった。

「航平くんもいっぱい出したのね。でも……」

操が開け放っている股間をのぞき見てから、早奈恵の視線がペニスに移る。

射精直後の肉棒は、まだ角度を維持していた。操の愛液にまみれて妖しく照り輝いている。

「ふふふ……」

早奈恵は淫らに小さく笑うと、その美貌を肉槍に近づけてきた。

「さ、早奈恵さん……？」

「操ちゃんに二回も出して、私には出せない、なんて言わないわよね……んちゅ」

早奈恵が亀頭を口に含む。そのまま、ゆっくりとのみこんだ。

「ううっ……待ってください……出したばっかりだから……うぐ……っ」

愉悦よりもヒリつく感覚のほうが強い。さすがに少しばかりは休みがほしい。

しかし、早奈恵はお構いなしだ。自分のものではない愛液にまみれていることすら気にしていない。むしろ、それを舐め取ろうとしている節すらある。

「んふっ……もうピクピクしてきた。航平くんもエッチなんだから……」

丹念にしゃぶられて、舌をからめられていると、ペニスは再び硬化してしまう。

自分の浅ましさに呆《あき》れるよりほかなかった。

「でも……このましても、すぐにはイケないかと……」

「だからよ。いつもよりも長持ちしてくれるってことでしょう。とっても素敵じゃない……」

ペニスのぬめりを自身の唾液に塗りかえてから、陶然としながら早奈恵は言う。手筒で勃起を擦過して、クチュクチュと淫猥な音が響いた。

(どうしたんだ……早奈恵さん、いつも以上にいやらしいぞ)

もとから卑猥な本性ではあるが、それにしても今日の彼女はすさまじい。まさに搾り取ると言わんばかりだ。

「ふふっ、ごめんね……私、そうとうにエッチで淫乱みたい。ここまでいやらしい女だったなんて、自分でもびっくり……」

早奈恵はそう言うと、まとっていた下着を脱ぎ捨てる。

大人びた黒いレースの下着は、白い身体に美しく映えていた。それが誘うように絹肌を滑っていく。

やがて秀麗な乳房が現れて、むっちりとした下腹部までもがさらされた。

何度も見ている裸体だが、目にするたびに息をのんでしまう。

（本当にきれいでエッチな身体だな……）

航平の視線に気づいている彼女は、蠱惑的な笑みを浮かべている。早く繋がりたいとばかりに、繰り返す吐息は熱かった。

「ねぇ、早く来て……前戯なんかいらないから、一気に奥まで……お願い……」

操の隣で大股開きで横になる。熟れた淫華はすっかり蕩けて、大量の蜜をまとっていた。挿入を欲する淫膜が意志を持ったかのように、止まることなく息づいている。

（こんな誘われ方したら……っ）

射精を経たばかりだというのに、勃起はすでに最大限だ。

獣欲に意識を奪われた航平が、ジリジリと早奈恵に近づいていく。

艶を放つ美脚を担ぎあげ、硬くふくれた亀頭をめりこませていく。

「あ、ああっ……そ、そう……一気に奥まで……んああ、ああ！」

早奈恵の求めどおりに、腰を勢いよく打ちつけた。

バチュンと濡れた肉同士が弾け合い、甲高い女の歓声が室内に響く。

(うう……めちゃくちゃ柔らかくてからみついてくる。やっぱり操さんと全然違う……っ)

勃起は瞬時に媚膜に包まれた。少しの隙間も許さないとばかりに、蠕動《ぜんどう》しながら吸着してくる。それだけで圧倒的な快楽に襲われた。

「はぁ……いっぱい突いて……いつも以上にめちゃくちゃにしてぇ」

早奈恵が腰を揺らしてくる。あふれ出た愛液がこねられて、卑猥な水音を響かせた。

「ああ……早奈恵さん、くぅっ」

消耗していた体力を振り絞り、航平は下腹部を振っていく。

「あぁんっ、そうよ。おま×こ、抉ってっ。私の奥をつぶしてぇ」

卑猥に叫ぶ早奈恵を見おろしながら、航平は滾る獣欲に身を任せた。

膣奥に繰り出される若牡の猛りに、早奈恵は歓喜の声を響かせた。

全身を駆けめぐる快楽と幸福感を、永遠に自分だけのものにしたいと思う。

(でも、それはもう叶わない。航平くんはもう私から離れていくんだもの……)

年増の執念など将来ある彼には邪魔なだけだ。

それに、彼には本当に結ばれるはずの相手がいて、彼女は彼を待っている。それを邪魔することなど自分にはできない。

(弓原さん、今までごめんなさい……これは最後のわがままだから……だから、今夜だけは許して……)

今夜限りで航平との爛《ただ》れた関係に終止符を打つ。

あまりにつらくて胸が張り裂けそうだが、こうするのがいちばんいいのだ。

「ああっ、すごいのっ。もっと来てっ。もっと私を犯して!」

覆いかぶさる航平に、力いっぱいしがみつく。

彼との悦楽を少しも逃さず、すべてを記憶しようと必死で腰を揺らしつづける。

「ううっ、早奈恵さんっ、今日は激しい……っ」

「そうよっ、いっぱい欲しいのっ。私がどれだけ航平くんに狂ってたか、知ってほしいから……っ」

早奈恵はそう言ってから、身体を起こして彼と対峙《たいじ》する。

続けて胸板に手を乗せ、押し倒すと、繋がったまま股間に跨った。

「はぁ……私が動いてあげる……覚悟してね……?」

早奈恵も航平も、すっかり息はあがっていた。

それでも、早奈恵は腰を振り出す。自らの体重を亀頭との接点にかけて、必死に愉悦を貪りつづける。

「はぁ、あんっ……あぁぅ！　ホントにすごいぃぃ……これ好きっ。航平くんのおち×ちん好きぃ！」

グチャグチャと、結合部から卑猥な粘着音が響きわたる。密着した部分は互いの淫液が混じり合って、粘つく白濁液にまみれていた。漂ってくる香りはあまりにも淫らで、嗅ぐだけでも果ててしまいそうだ。

（弓原さんと結ばれても、私とのことを忘れないで。年がいもなく惚れて、肉欲に狂ったバカな女がいたって覚えていて……っ）

胸がつぶれてしまいそうなせつなさを、快楽で麻痺《まひ》させていく。そうでもしなければ、泣いてしまいそうだ。

「うあ、ぁ……早奈恵さんっ、本当にすごいです……ううっ」

航平は早奈恵の腰をつかんで、肉悦のすさまじさに顔を歪めていた。

全身が汗に濡れている。それは早奈恵も同じだった。

暴れ弾む乳房も、解けてしまった黒髪も、汗の滴を飛び散らせている。全身が熱くてたまらないが、すべてを無視して快楽に狂いつづける。

（もうどうなってもいいっ。頭がおかしくなっても、おま×こが壊れてもいいっ。私が捧げられるすべてを航平くんにあげるの……っ）

腰は前後だけでなく左右にも揺れ、やがては円を描くよう動きに変化する。すべての動きがたまらない喜悦を生み出した。

淫らな叫びは我慢できず、唇は開きっぱなしだ。こぼれる唾液すら抑えられない。

「ほらっ、おっぱいも揉んでっ。好きなだけ揉んでいいからっ。痛くしようがなにしようがかまわないから……あ、ああっ」

航平の手をつかんで、蜜乳に埋めさせる。

すぐに彼は手をひろげ、懇願どおりに荒々しく揉みこんできた。

「ああっ、いいのっ。おっぱいもおま×こもいいっ。ああんっ、たまんないぃ！」

航平はすっかり肉欲を回復している。膣膜も乳房もがむしゃらに求めてきた。愛しい青年に貪られる感覚が、なにものにも代えがたい幸福感を生み出している。

「すごいですっ。僕も興奮がすごくて……ああっ、いろいろヤバいですっ」

「いいのよっ。いっぱい興奮してっ。いっぱいおかしくなってっ。いっしょにおかしくなろう。ふたりで狂っちゃえばいいのっ」

「……ふたりだけなんてダメです。ズルいです」

傍らで倒れていた操が、いつの間にか起きあがっていた。

ぼんやりとした瞳は妖しく濡れている。顔は恍惚としていて、行為を始めたときとはまるで違った。

「私も……混ぜてください。今度は私が主任さんを……」

操は舌足らずに言うと、早奈恵の裸体にうしろから抱きついた。

前に手をまわされたと思った瞬間、乳頭から鋭い喜悦が炸裂する。

「んあ、ああっ。み、操ちゃんっ……ああっ、ダメっ。乳首そんなにしないでっ」

「私のおっぱいはあんなにいじめたくせに。やられるだけじゃ我慢できませんよ」

操が耳もとで囁くと、摘まんだ指に力を加える。

左右の乳首が同時につぶされ、ひっぱられてはねじられた。

「ひぃ、んっ……気持ちよすぎるの……あ、あああっ」

「あぁ、とってもいやらしい……もっとしたくなっちゃう」

操が首すじだけでなく肩から二の腕、背中までをも舐めてくる。とても性経験に乏しい女の舐め方ではない。その舌遣いはあまりにも卑猥でゾクゾクさせる。

「主任さんとマネージャーさんが私をいじめるから……私も吹っきれちゃいました。

とことんいやらしい女になっちゃいますからね」

操はそう言うと、今度は航平の乳首に舌を這わせる。

彼の上体が跳ねあがるが、かまわず音を立てて吸引する。

「うあ、あっ……操さん、それは……うう……」

「やっぱり男の人もおっぱい感じるんですね。うふふ……っ」

恐ろしいほどに蠱惑的な笑みを浮かべ、操がねちっこく舌を滑らせる。

ときおりこちらに向けられる視線はあまりにも淫靡だ。

(いやぁ……私がするつもりだったのに……これじゃあ、されるかたちになっちゃう……っ)

ただでさえ強烈な快楽の中での思わぬ刺激の連続に、早奈恵の限界は一気に近づいていた。

振り乱す腰の動きが、さらに苛烈なものとなる。

「んんっ、マネージャーさん、もっと突いてください。主任さんも私と同じようにめちゃくちゃいじめてあげて」

「で、でも……このままだと僕もまた……っ」

「だからですよ。いっしょにイケばいいんです。私みたいに、いちばん奥に出してあげてください」

　操はそう言いながら、航平の唇を堪能している。

　キスなどという上品なものではない。唾液がこぼれるのもいとわない、まさに貪るような激しさだ。

（ああっ、ダメ……すごいの来ちゃうっ。今までにないくらいのが……ああっ、一気に来ちゃうっ）

　航平の強烈な突きあげが繰り返されて、蜜壺どころか子宮まで揺らされる。

　汗まみれの肢体が不規則に硬直を繰り返した。その間隔は徐々に短くなって、もはや制御などできない。

「主任さん、イキそうなんですね。ああっ、見てるだけでたまらないです……っ」

　操が正面から抱きついた。

　すぐさま唇を奪ってくる。強引に舌をねじこみ、荒々しく乱舞させ、唾液ごと舌をすする。

「主任さんとのキス、すごく素敵。ああ、熱くて柔らかくて……とってもおいしい」

　美少女に口内をかきまわされて、愛しい青年に膣奥を貫かれる。

「ああっ、もう無理だっ。早奈恵さんっ、出しますっ。いちばん奥で受け止めてくださいっ」

強烈な突きあげが襲ってきた刹那、熱い牡液が媚膜に浴びせられた。中に出された感覚がすぐに喜悦に変換される。

壮絶な悦楽と幸福に、早奈恵のすべてが決壊した。

「あ、あああっ。イクっ、イクぅ！　あっ、はぁっ、あっ、くぅ、ううう！」

背中が折れそうなほどに身体を反らし、牝の喜悦を叫んだ。隣室や廊下にまで響いてるかもしれないが、そんなこと構う余裕などない。

（ダメっ……頭、飛んじゃう……っ。本当に……おかしくなるっ）

滝のように汗を噴き出し、身体は硬直を続けている。息をするのもままならない。時間の感覚さえあやふやになり、ようやく全身から力が抜けた。

そのまま航平の身体に倒れてしまう。

「はあっ……ああっ……かはっ……んっ、航平……くん……」

息も絶えだえになりながら青年の名前を呼んで、感情の赴くままに唇を重ねる。

どちらからともなく舌をからめ合い、唾液を交換しては混ぜ合わせる。

（こんなことをするのも今夜が最後……もうこんなことは二度と訪れない……だから……）

幸福だったはずの絶頂の余韻がつらく悲しいものになる。

このままでは涙が出てしまいそうだ。

「ああん……私も、私もふたりとキスしたいです……」

操が甘えた口ぶりで顔を寄せてくる。

早奈恵にとっては救いの手だった。

操は航平と長くて濃厚なキスを交わしてから、そのまま早奈恵の唇を求める。

「んあ……私、主任さんとのキス、好きぃ……」

恍惚としながら声を漏らす操が、やたらとかわいく思えてしかたがない。もっとしたいと思ってしまう。

だが、今日は美少女とのレズ行為が目的ではない。

「うふふ……いっぱい出してくれたわね。このぶんじゃ、まだまだ出せちゃいそうじゃない」

膣奥を満たす温かい感覚が、早奈恵の表情を美しくて卑猥なものにした。

それに航平が愕然としたような顔をする。

「いや……もう無理です……っ。これ以上はもう出な……うあっ」

航平の声が裏返り、歯を食いしばって首がのけ反る。

操の手が彼の陰嚢を包んでいた。汗や愛液にぬめったそれを、クチュクチュと音を立てて弄ぶ。

「ダメですよ、マネージャーさん。私も主任さんも、まだまだ足りないんです……もっと相手してください」

「い、いや……さすがにそれは……」

「んん……じゃあ、その気にさせればいいんですよねぇ……」

セックスには似つかわしくない、子供のような無邪気な笑みを浮かべた操が、再び身体を舐めはじめる。

「主任さんも……いっしょにマネージャーさんをやる気にさせましょうよ」

先ほどまでの羞恥心はどこへやら。純粋に快楽を求める彼女に呆気に取られながらも、求めることはまったく同じだ。

「そうね……夜は長いわ。まだまだ求めちゃいましょう」

抜き取ったペニスをふたりで舐め合い、勃起させては代わるがわる快楽を貪りつづける。

卑しい獣の狂宴は、朝方近くまで続いた。

だが愉悦に悶える航平は、あることを密《ひそ》かに考えていた。

早奈恵も操も、それに気づくことはなかった。

第五章　濡れるふたり

1

禁断の複数プレイを経てからというもの、航平は憑《つ》きものが落ちたかのように仕事に邁進した。

すべては自分のために身を捧げてくれた早奈恵と操、そしてなによりも彩音のためである。

(彩音さんのためにあそこまでしてくれたんだ。それに、彩音さんが僕を必要としてくれているなら、できる限りがんばってやるっ)

おかげで航平の営業成績は格段に上昇し、業界内でも一目置かれるまでに成長した。

短期間でここまでの伸びようは、自分自身でもびっくりである。

ただ、それは声優のマネージャーとして成長したいからではなく、ひとりの男として、具体的には彩音にふさわしい男になるためのものだった。

すべての行動の根底には彩音がいる。航平は腹を括《くく》っていた。

あとは彼女に想いをはっきりと伝えるのみだ。

だが、そのタイミングがなかなかつかめない。

「いったい、いつになったら白黒つけるの。さっさとはっきりしなさいよ。なんのために弓原さんと顔を合わせられるように仕事の調整をしてあげてると思ってるの？」

経過観察よろしく早奈恵にちょくちょくと確認をされ、そのつど自分を情けなく思う。

アフレコやイベントの立ち会いができるように、早奈恵がスケジュールを組んでくれていた。ここまでしてくれているのに、申し訳なくてしかたがない。

（早く気持ちを伝えないと。結果なんて気にするな。当たって砕けろの精神だっ）

そんななか、養成所に行ったとき、操からあるものをわたされた。

それなりに値の張るレストランの割引券だ。

「私がバイトしている店の系列なんです。私は使うことがないし、使う暇があるなら練習したいし。だから、これで弓原さんとデートして……成就してくださいね」

操ができる精いっぱいの応援だった。

航平は素直に受け取り、気を引きしめる。もうあとには引けない。

(これ以上、ふたりの応援を無駄にはできない。一か八か誘ってみるぞ)

イベントの解散時、航平は決死の思いで彩音を誘った。

スマートにカッコよくなどとはいかず、まるで童貞少年のようにしどろもどろな誘い方になる。

彩音はキョトンとした顔だったが、すぐにやさしく微笑んだ。

「せっかくのお誘いですから」

誘いを受けてくれたのはうれしいが、すぐに緊張に襲われた。

ついに想いに決着をつけるときが来るのである。

予定を決めてから当日まで、航平は気が休まることがなかった。


当日。

店は落ち着いた上品な内装だった。フロアの中央にはグランドピアノが置かれていて、ドレス姿の女性が美しい旋律を奏でている。

（彩音さん……本当にきれいだな。きれいすぎるよ……）

いつも以上に彩音に見惚《みと》れていた。

彼女はいつもと違ってフォーマルな装いだ。美人ゆえにどんな格好でも似合ってしまうが、今日は特に美しい。

「お料理、おいしかったですね」

「えっ、ああっ、そうですね、本当においしかったですよね」

（料理の味なんて覚えていない……それどころか、なにを食べたかさえあやふやなんだけど……）

なんとか平静を装っているつもりだが、実際は朝から緊張しっぱなしである。

今も心臓はドクドクとうるさいくらいに脈を打ち、胃の痛みすら感じるほどだ。

（どうしよう……このあと、どうやって切り出せばいいんだ……）

魅力的な女性ふたりと肉体関係を結んだとはいえ、すべて彼女たちからのアプローチだった。自分から関係を誘ったことなどない。

ゆえに、セックスを抜きにしたプラトニックな関係ですら、航平にうまい誘い方などわからない。

（このままだと食事しただけで終わってしまう。どこかほかの店に誘えば……いや、それだとあまりにも遅い時間になってしまう。そんな時間まで連れまわすのはマズいだろ……）

頭を必死に回転させても、妙案など思いつかない。

八方塞がりになった気がして、頭を抱えそうになる。

「どうかしましたか？」

航平の様子をおかしく思ったのだろう。彩音が少しだけ首を傾《かし》げて尋ねてくる。シルクのような黒髪が音もなく流れて、航平の心臓を射貫《いぬ》いた。

「い、いやっ。すみません、なんでもないです」

（マズいマズいっ。弓原さんに不審がられたら話にならない。しっかりするんだっ）

自分のふがいなさに赤面し、耳まで熱くなってしまう。

だが、想い人のあまりの魅力を前にして、冷静でいられるはずがない。

（ああ、ちょっとした仕草もたまらなく魅力的だ。なんで髪の毛、そんなにサラサラでツヤツヤなんだよ……）

いったん落ち着こうと考えるが、トイレに立ちあがるのは憚《はばか》られる。そもそも、それは逃げではないのか。

緊張が混乱へと変化して、背中にじわりと汗がにじみ出た。ここまで自分がうまくやれないとは、情けないにもほどがある。

すると、彩音がちらりと隣席のほうを見た。

若い夫婦と幼稚園くらいの女の子だった。身支度をしているので、そろそろ店を出るのだろう。

(あれは……)

女の子が手にしている小さな絵本に目がいった。

日曜日の朝に全国放送している女児向けアニメのものだった。いわゆる変身ヒロインものである。

(彩音さんが出ているアニメじゃないか)

彼女の役は主人公の女の子たちを見守り、ときに加勢する先輩キャラクターだ。確か名前は琴子《ことこ》だったか。

表紙には彩音が演じるキャラクターも描かれている。おそらく、絵本の中にも登場しているのだろう。

(彩音さん、やさしい顔をしているな……)

彼女の視線は絵本と、それを手にした女の子に向けられている。温かくてどこか羨ましそうな表情だ。

「ほら、早く準備しなさい。帰ってからでも読めるでしょう」

「うう、やだ。まだ読むのぉ」

駄々をこねる彼女から、母親が絵本を取りあげようとする。

すると、女の子は抵抗し、放さないよう小さな手で必死につかみつづけた。

もっとも、子供の力で大人に敵うはずがない。母親が本を引き離す。

しかし、彼女は手を伸ばし、弾みで絵本は飛んでしまった。

パタンと音を立てて、彩音の足下に落ちる。

「あ、こらっ。すみませんっ」

母親が立ちあがり、申し訳なさそうに言った。

彼女のお腹は少しばかりふくれていた。どうやら妊婦さんらしい。

「いえ……あ、立ちあがらなくてけっこうですよ」

彩音はそう言って、足下の絵本を拾って女の子に手わたす。

父親に促されると、ありがとうと舌足らずな声で言った。

「どういたしまして……あなたはこの子たちが大好きなのね」

彩音は椅子から腰をあげると、女の子の目の前にしゃがんだ。目線を同じ高さにして話しかける。

「うん、そうなの。私も将来、みんなを苦しめる悪い怪人をやっつけるんだぁ」

「そっかぁ。小さいのに立派だね」

「だって私、もうちょっとしたらお姉ちゃんだから。琴子お姉ちゃんみたいにやさしくて強くて、みんなが好きになるお姉ちゃんになりたいの」

女の子は瞳を輝かせて、純粋な思いを口にする。

「……っ」

一瞬、彩音の身体が固まった。続けて、かすかに肩が震える。

「……お名前はなんていうの？」

「つ、つむぎって言うの。四歳だよ」

「……つむぎちゃんは琴子ちゃんが好きなのね」

「うん、大好き。絶対に琴子お姉ちゃんになるの」

「そっかぁ。じゃあ……いいこと教えてあげる」

彩音はまわりを見わたしてから、唇に人さし指を当てて彼女に囁く。

「これから言うことはないしょだよ。誰にも言っちゃいけないからね」

「……うん。なぁに？」

「じつはね……お姉ちゃんは琴子お姉ちゃんと知り合いなんだよ」

その言葉に、航平はギョッとした。

いったいなにを始めようというのか。マネージャーとして肝を冷やす。

「ホントに？　ホントなの？」

一方で女の子は全身で驚きを表現して、瞳をランランと輝かせる。

彩音はにっこりと頷くと、つむぎに言葉を続けた。

「大丈夫よ。あなたは絶対にいいお姉ちゃんになる。私はね、わかるの。ほら、テレビでもやってるでしょ。姿は見えないけれど、みんなに琴子ちゃんが話しかけてるの。あれはね、みんなのために戦う女の子たちにしか聞こえないけど、琴子ちゃんにはそういう女の子が誰かわかるんだって。今の子たちも、初めて変身する前に琴子ちゃんの声が聞こえていたでしょ」

女の子は前のめりになってコクコクと頷いている。

背後の両親が少し困惑したように見つめていた。美人な女性が幼児向けアニメについて語っているのだから、そう反応されてもしかたがない。

「琴子ちゃんがね、私に言ってるの。あなただったら、琴子ちゃんの声が聞けるはずって」

「ええっ」

女の子がクリクリした目を見開く。

彩音は彼女の頭に手を置くと、愛おしそうにゆっくりと撫でた。そして、そっと語りかける。

「だからね、ちょっと目を閉じてみて。琴子ちゃん、直《じか》にお話ししたいんだって」

女の子がアワアワとしはじめる。

さすがに両親が「あの……」と声をかける。

それでも彩音は柔らかい瞳で彼女を見つづけていた。

つむぎは心の準備ができたらしい。身体を直立にすると、ギュッと両目を閉じる。

「いい子ね。ちょっと待ってね。今、琴子ちゃんに話しかけてってお願いするから」

彩音が慈愛のこもった目を閉じて、すうっと静かに息を吸う。

瞼を開けた瞬間、表情が一気に変わる。

収録スタジオでいつも見る、プロフェッショナルの顔だった。

両親も彼女の変化に気づいたらしい。怪訝《けげん》そうな顔に驚きが浮かんでいた。

「つむぎちゃん」

彩音の声ではない。彼女が大好きな琴子の声だ。

名前を呼ばれたつむぎが、たまらず大きく目を見開いた。

「あら、ダメよ。ちゃんと目を瞑っていないと」

彩音がやさしくたしなめると、つむぎは「うん」と頷いて、再びしっかりと目を閉じる。

彩音は再び琴子の声で話しかける。姉になる意識を持っていることを褒め、生まれてくる下の子と母親をしっかりと支えること、父親を含めて仲よく過ごし、それがひいてはみんなを守るヒロインになれるのだ、と説いていた。

「それじゃあね。つむぎちゃんのこと、私も見守っているからね」

彩音はそう言い終えてから、ふぅとひとつ息をした。

つむぎがパッと目を開き、心の底からうれしそうにぴょんぴょんと飛び跳ねる。

(弓原さん……)

航平の身体から緊張とともに力が抜ける。

代わりに、とても温かいものがこみあげてきた。

(やっぱり弓原さんが好きだ……大好きだ。こんなにやさしくて素敵な女性、ほかにはいないっ)

迷いや不安が不思議と消えていく。邪念が晴れて残ったのは、かたく純粋な想いのみだった。

2

寒々とした紺色の夜空に東京タワーの赤い光が映えていた。

立ち寄った芝公園《しばこうえん》は、もう人気が少なくなっている。

タワーを見あげている彩音の瞳は暖色に輝いていた。

(きれいだ……)

航平にはそのひと言しか思い浮かばない。

「すみませんでした……いきなりあんなことして、びっくりしましたよね」

申し訳なさそうに彩音が言った。

「確かに驚きはしましたけど。でも、とてもいいことだったと思いますよ」

彩音が琴子を演じたあとで、航平は父親に名刺をさし出していた。

彼女が正真正銘の担当声優であることを証明するためだ。

「ご両親も喜んでくれていたし、あの子には一生の思い出ですよ」

「……そうですね。ああいう子供たちのために私はいるんですよね」

彩音が顔を下げてぽつりぽつりと言葉を続けた。

「私……正直に言うと、もう声優として自信がなくなっていました。新人さんたちはいっぱい出てきて、みんなうまい……私の代わりなんていっぱいいる。世代交代の波には逆らえない……だから、ナレーションをと思ったけれど、あんなことに……」

航平の胸がズキンと痛んだ。自分がしっかりと調べなかったばかりに、彼女に深い傷を負わせてしまったのだ。

「……本当にすみませんでした。謝って済むことじゃないけれど、本当に」

「いいんです。館林さんはなにも悪くない。むしろ、私のために必死になってくれたんですから」

そう言って、彩音は静かに微笑んだ。すべてを悟ったうえでの慈愛の笑みだ。

「確かに私はあの一件で塞ぎこんでしまったけれど……今日、つむぎちゃんに教えてもらったんです。自分のことだけ考えてるんじゃない、って。演じる先にいる子供たちやファンのことを考えなさいって。ホント……今さら、こんな基本中の基本に気づかされるだなんて、私はどうしようもないバカですね……」

彩音はそこまで言って、ふふっと笑った。

冷たい風が吹き、なめらかな黒髪をなびかせる。東京タワーに照らされて、光が舞うように煌《きら》めいていた。

「弓原さんはバカなんかじゃありませんよ。人を喜ばせられる素敵な人です」

航平の言葉と雰囲気に、彩音の目が少しだけ大きくなる。微笑みがゆっくりと消えて、どこか緊張した面持ちになった。

「弓原さん……言いたいことがあります」

航平の声は震えていた。決意したはずなのに、再び緊張がこみあげてくる。

だが、迷いや恐れはなかった。素直に気持ちを伝えたい。それだけが航平を突き動かす。

「……好きです。弓原さんのことが好きなんです。ずっと想いつづけて、大好きなんですっ」

車の音も街の騒音も、あらゆる雑音が消えていた。すべての意識と感覚を目の前の彩音へとぶつける。全力の、決死の告白だった。

「…………」

彩音はなにも言おうとしない。美麗なアーモンド形の目を大きくして、微動だにしなかった。

(言ってしまった……ついに言ったんだっ。これでダメなら、思い残すことはもうない……)

静寂がふたりの間で続いた。数秒が数時間にも感じられる。航平には彼女の返事を待つことしかできない。

「……ありがとうございます」

彩音が視線を落としながら静かに言う。

「でも……ダメです。ごめんなさい……私は……館林さんとおつき合いは……」

消えるような弱々しい声だった。

（やっぱり無理か……）

航平の身体からどっと力が抜けていく。覚悟はしていたが、やはり応えた。

しかし、彩音はなおも言葉を続けた。

「私……絶対に迷惑かけちゃいます。館林さんがほかの女の声優とお話ししたり、その子のために一生懸命仕事をしていたら……絶対に態度に出しちゃいます」

（え……それって……）

うなだれていた頭をあげた。今一度、しっかりと彼女を見る。

彩音の表情を見て驚いた。その顔はつらそうに歪んでいる。

「弓原さん……？」

「私は面倒くさい女なんです……すぐに嫉妬してプリプリして……仕事の関係上、しかたがないってわかっていても、自分を抑えられない……だから、バカなんです。こんなバカな女、館林さんみたいな優秀なマネージャーさんとだなんて」

「待ってくださいっ」

航平は気づくと、一歩前に出て、彼女の肩をつかんでいた。

細くてなだらかな両肩は不規則に震えている。その反応に、言葉が真意のものではないと悟った。

「弓原さん、お願いです。本当の気持ちを教えてください。僕の仕事とかそんなことはいっさい無視して」

航平の訴えに、彩音は俯いて視線を彷徨《さまよ》わす。

逸《はや》る気持ちを必死で抑えた。真剣な眼差しで彩音の答えをじっと待つ。

「……私も同じです。私もずっと前から好きだった。いっしょになれたらどれだけ幸せだろうって、ずっと考えてました。でも、そんなことは無理だって」

「僕はマネージャーを辞めるつもりですっ」

航平の叫びに彩音が固まる。信じられないといった顔で見あげていた。

「弓原さんと交際すれば、みんなの迷惑になるのは僕も同じです。ほかのマネージャーたちにも、声優たちにも、弓原さんにだってです。そんなことはさすがにできない。

だからもう」

「そんなのダメですよっ。絶対ダメっ。みんなに頼られて評価されているのに、私なんかで」

「それでも僕は、弓原さんが欲しいんです！」

航平の声が周囲に響く。仕事帰りのサラリーマンや社会人のカップルが視線を向けてくるが、そんなことはどうでもよかった。

「弓原さん、さっき言ってましたよね。自分の代わりなんていっぱいいるって。それ、大間違いですよ。声優としても女性としても、弓原さんの代わりなんていません。僕はありのままの弓原さんといたいんです。嫉妬深くて面倒くさくてもいい。演じるキャラの向こうにいる人たちのために考えて努力して、やさしくて温かい、そんな弓原さんがどうしようもなく好きで、恋人にしたいんですっ」

航平にとっては一世一代の告白だった。

傍《はた》から見ればみっともないかもしれないが、それでもいい。

彩音に想いのすべてを伝えたい。ただそれだけだった。

「館林さん……」

彼女はキョトンとした顔で固まっている。

しかし、見あげる両目にはじわじわと潤みがこみあげ、やがて、ほろほろと美しい滴となってこぼれ落ちた。

「弓原さん……」

航平がもう一度だけ名前を呼ぶ。

すると、彩音が胸もとに飛びこんできた。そのままグリグリと顔を押しつけてくる。

「ありがとうございます……」

言葉などはもういらない。これ以上に最良の答えなどあるものか。

彩音の背中に手をまわしてそっと抱きしめると、彼女の両腕も背中にまわってきた。

航平も彩音もそのまましばらく動かない。

カップルになったばかりの男女を祝福するように、東京タワーがやさしい光で照らしていた。

3

彩音と恋仲になり、夢見心地だった航平だが、今はかつてないほどの緊張に襲われていた。

いつもの雑然とした自分の部屋に彩音がいる。

しかも、シャワー浴びたあとの状態で、ベッドの上に横座りをしているのだ。

（本当に現実だよな……夢を見てるんじゃないよな？）

芝公園から彩音を自宅に送ろうとした。

だが、彼女は「今日は帰りたくない」と言った。

安月給の身分では、周囲の高級ホテルに泊まることなどは難しく、結果、航平の自宅である古い１Ｋマンションへと連れてきたのだ。

じつは長い夢を見ていて、彼女に手を伸ばすと覚めてしまうのではないか。そんな突飛もないことを考えてしまうほどに、目の前の光景が信じられない。

「………」

彩音は頬をピンクに染めて、顔を俯かせている。

彼女が着られるような寝間着はないので、アイロンを施したワイシャツを着てもらっていた。

これがマズかった。

その姿たるや、あまりにも魅力的で卒倒しそうだ。

（かわいすぎるだろ。これ、ヤバいぞ……理性が保てそうにない……っ）

さすがは昔から男が女にしてもらいたい格好とされているだけはある。

それを彩音がしているのだから、破壊力はとてつもない。

(弓原さん、本当に肌が白いな……キラキラしてる……)

ワイシャツの裾から伸びる脚は、ほどよい肉づきで健康的だ。瑞々しく張りのある白肌は、照明の光を照り返している。

ワイシャツは全体的に、彼女にとっては大きくぶかぶかなのだが、一カ所だけは、はちきれそうなほどに張っていた。

大きな双乳がぴっちりと布地に貼りついている。

よくよく見ると、盛りあがりの頂にはかすかに突き出たものが見て取れた。そのまわりには色のついた円形が少し透けて見えている。

(ブラ……してないのか……)

薄布のすぐ裏に彩音の乳房があるのだ。

いったいどんな姿をしているのか。張りや柔らかさはいかほどか。たまらず生唾を飲みこんでしまう。

「あ、あまり、見ないでください……恥ずかしい……」

彩音が一瞬だけこちらに目を向けて、すぐにそっぽを向いてしまう。

(かわいい……反則的にかわいい……っ)

あまりにも蠱惑的なそぶりに、骨の髄から痺れてしまう。

股間はとっくに最大限に膨張していた。血流が止まらずに破裂しそうなほどだ。

(本当にいいんだよな……このまま、弓原さんと……)

航平は小刻みに震える手を伸ばして、彼女の肩に触れようとする。

「ま、待ってっ……あの、ひとつ言わないといけないことがあります……」

彩音は不安そうに顔を歪めながら、自らの身体を細腕で抱きしめる。

「なんでしょう……？」

「……その……じつは私、まだしたことが……なくて……」

そう言って、深く俯いてしまった。

(え……つまり処女ってことか……っ)

予想外の告白に、伸ばした手が止まってしまう。

彩音ほどの美人ならば、今まで男など何人も作れたはずだ。待っているだけで言い寄ってきたであろう。

(僕が……弓原さんの最初の相手になるなんて……)

緊張が極限まで高まってしまう。同時に、女の純潔を散らす責任感に胸の奥がきゅうっとした。

（……できる限り、丁寧にやらないとな）

回数こそ重ねてきたとはいえ、処女を相手に同じことはできないだろう。

航平は大きく息を吸ってから、グッと奥歯を嚙みしめる。

自分に初めてを捧げてくれる彩音に、誠心誠意向き合おうという決意の表れだった。

「あと、もうひとつだけ、お願いがあります……」

「な、なんでしょう……」

「……私を彩音って呼んでください。これからは名前で呼んでほしいんです」

上目遣いでこちらを見ていた。恥ずかしさに感情が昂っているのだろうか、両目は濡れている。

「彩音さん……」

気恥ずかしさを押し殺し、航平はそっと名前を呼ぶ。さすがに呼び捨てにするのは憚られた。

すると、彩音は少しだけ目を大きくしてから、唇を綻ばす。密やかに開いた可憐な花を思わせた。

「航平さん……」

しっとりとした声で名前を呼び、静かに潤んだ瞳を閉じる。顔をあげて、唇を寄せてきた。

（いいんだよな……）

極度の緊張は、彩音も同じはずだ。彼女の決意にしっかりと向き合わなければならない。

航平はそっと彼女の肩に手を乗せる。

ピクンと小さく身体が跳ねて、小刻みに震えていた。

早く安心してほしい。自分と重なることでそれを得てほしい。

そう願いながら、そっと唇を触れ合わせる。

「んん……」

唇はとても柔らかくて瑞々しい。

彩音の甘い香りが鼻孔をくすぐった。自分と同じボディーソープを使ったはずなのに、まったく違う香りに感じるのだから不思議だ。

「彩音さん、僕がこれからすることをまねしてみて」

航平はそう言ってから、彼女の口内へと舌を忍ばせていく。

「んっ……んふぅ、っ」

彩音の両手がしがみついてくる。

航平は彼女が離れないようにしっかりと抱きしめた。

華奢な身体なのに柔らかく、心地よさに酔いそうだ。

（彩音さんの口の中、温かくてトロトロだな……）

口内の粘膜すべてが柔らかくてたまらない。

航平はねっとりと舌を動かして、彩音の舌とからめる。

とたんに、彼女の身体が鋭く跳ねた。

「んぐっ……ふぁ、ぁ……んっ」

からめるだけでなく、唇で挟んで軽く吸う。

それだけで、彼女はビクビクと戦慄いて、しがみつく手に力をこめた。

「んぁ、ぁ……はぁ、ぅ……」

彩音がかすかに舌を動かしはじめる。

恐るおそるといった感じの動かし方だが、言われたように自分をまねしようとしているのだ。

そんな健気さに愛おしさがこみあげた。

（彩音さん……ああ、本当にかわいい……っ）

自重したくとも、興奮を完全には抑えられない。

抱きしめる腕に力をこめて、さらに奥まで舌をねじこむ。

彩音は少し苦しそうにするが、拒否するそぶりは見せない。

それどころか、彼女も背中に手をまわして、しっかりと抱きしめ返してくれる。

いったいどれだけ口づけし合っただろう。時間の感覚すらあやふやになるほどの長いキスを解き、ゆっくりと瞼を開いた。

「はぁ……あぁ……キス、すごい……」

彩音の双眼はすっかり甘く蕩けていた。唇が唾液に濡れて半開きになっている。頬が濃い桜色に染まっているさまも相まって、美しいという言葉以外、出てこない。

(彩音さんも興奮してくれている……んだよな)

彩音が自分を相手に発情している。その事実が、経験したことのない幸福と興奮を沸きたてた。

「彩音さん……僕、もっと彩音さんを見たいです……」

航平はそう言ってから、ワイシャツのボタンに手をかけた。

「うぅ……そんなにいいものでは……」

ついに裸体を見られると悟り、彩音が顔を真っ赤に染める。

宙をさまよった手は、航平の手を止めようとしたのか。しかし、結局は制止することなく、プルプルと震えるだけだった。

(本当にきれいな肌だ……言いすぎでもなんでもなく、真っ白じゃないか……)

ボタンをはずすたびに現れる白い肌に、目眩がしそうになる。この肌を自分のものにできるというのが、いまだに信じられない。

ついにボタンのすべてをはずした。

「あぁ……恥ずかしい……」

深く俯く彼女が、ビクビクと震えつづける。

そのたびに髪が揺れ、同時に露出した谷間が柔らかそうに波打っていた。

(すごい谷間だ……まんまるで、なめらかで……た、たまらない……っ)

心臓の鼓動がうるさいくらいに響いていた。

早く乳房が見たくてたまらない。あの豊かなふくらみが、いったいどのような姿をしているのか、確かめたくてしかたがない。

「彩音さん……いいですよね……」

再びワイシャツに手をかける。

彩音はなにも言わなかった。反応しないということは、いいということであろう。

航平は生唾を飲みこんだ。ゆっくりとワイシャツを脱がしにかかる。豊乳が徐々に姿を現して、ついに乳房の全体がまろび出た。

「あぁっ、すごい……っ」

思わず口に出してしまうほどに、彩音の乳房は圧倒的だった。

左右の乳丘は片手では収まらないほどの大きさだ。たっぷりと肉をつめこんで釣鐘形を描いている。

乳肌も輝くように白くて美しい。柔らかさと張りとが絶妙な塩梅《あんばい》で同居しているように見える。

(乳首もなんてきれいなんだ。すっかり大きくなっているし……)

巨房の頂点に添えられている乳頭は、小指の先より少し小さいくらいで、硬そうにふくれている。乳暈は乳房のサイズに合わせるように大きめで、縁が乳肌へにじむようになっているのが妙にエロティックだ。

「あぁっ……見ないで……こんなの見ちゃダメ……」

さすがに羞恥も限界なのか、彩音は両腕で乳房を隠すと身体をひねる。

それでも、乳房すべてを隠せてはいない。はみ出た柔肉は、蠱惑的な魅力を放っていた。

「隠さないで。お願いです、もっとよく見せてください」

航平はそっと彼女の腕をつかんで言う。

しかし、彩音はふるふると頭を振って、かすれるような小さい声で言った。

「私、この胸が嫌いなんです……無駄に大きいし、乳首やそのまわりだって大きくて、全然きれいじゃない……」

彼女にとってはこの白丘がコンプレックスだというのか。ならば、誤認もはなはだしい。

「そんなことない……いや、大間違いですよ」

航平はそう言うと、彩音の腕をつかんで乳房から引き剥がす。まるい乳肉が重そうに揺れた。

「きゃっ。い、いやっ……」

「彩音さんのおっぱい、めちゃくちゃきれいですよ。今までずっと想像していたけど、こんなに魅力的なおっぱいしてたなんて……信じられないくらいです」

彼女の身体を自分に向かせて、乳房を見ながら力説する。

傍から見れば滑稽なことこのうえないだろうが、それだけ航平は真剣だった。

(少なくとも僕には最高のおっぱいだってことを知ってほしい)

本心からそう願った。

「……本当ですか？」

俯いていた顔を少しだけあげて、彩音が不安そうに尋ねてくる。

航平は全力で頷いた。

「たとえ、彩音さんが嫌いだったとしても、僕は彩音さんのおっぱいが大好きです」

彩音が「うう」と羞恥に震えながら小さく呻く。

彼女の身体から力が抜けた。ポトンと両手がベッドに落ちる。

「わ、わかりました……全然自信なんかないですけど……たまらなく恥ずかしいですけど……航平さんがそこまで言ってくれるなら……」

ゆっくりと、彩音が乳房を突き出してきた。

大した動きでもないのに、ぷるんと乳丘が揺れ動く。まるで航平を誘っているかのようだ。

（本当にきれいだ……ああ、ずっと見ていたい）

なめらかな乳肌も、木苺のように硬くふくれた乳頭も、乳房を形作るすべてが航平を魅了し、欲情させる。

もう我慢ができなかった。見ているだけではいられない。

「彩音さん、触りますね……」

努めて静かに告げたものの、心臓は破裂しそうなくらいに脈を打っている。

彩音がコクリと頷いた。もう手で覆うそぶりは見せない。

ゆっくりと手を伸ばしていく。

手のひらで、やさしく乳丘に着地した。

「あっ……うぅ……」

(す、すごい……ふわふわなのに弾力があって……ああ、なんだこれ、本当にすごいぞ……っ)

今までの女性たちとは、まるで感触が違った。

つまっている乳肉は蕩けるように柔らかいのに、乳肌が指を跳ね返してくる。それが乳房のあらゆるところからやってくるのだ。

(たまらない……ああ、ずっと揉んでもいいくらいだ……っ)

痛みを感じないよう慎重に揉みしだく。下乳からすくい取り、重さと質量を堪能した。

「はぁ……そんなに弄っちゃ……あ、ぁ……」

彩音の表情と声に甘さが濃くなる。

漏れ出る吐息は熱を帯び、肩が上下に動く間隔が狭まった。

乳首はこれ以上ないほどに肥大し、硬さを誇示している。

まるで触れられるのを今か今かと待っているかのようだ。

(揉んでるだけじゃ我慢できない。彩音さんのおっぱいが吸いたい……っ)

そっと乳頭に唇を寄せていき、軽く挟んだ。

ビクッと彼女の身体が震える。そのまま舌先で舐めあげた。

「んあっ……あ、ああっ……乳首……はぁ……ダメぇ……っ」

彩音が甘い声を響かせ、悶えはじめる。

(ああっ、そんな反応されたら止まらなくなる……もっと舐めたくなるっ)

航平の興奮はどこまでも昂っていく。

ついには舌の腹を使って、大胆に舐めてしまった。

乳頭を弾いてはこねて、乳輪もたっぷりと舐めまわす。痛くならないように気をつけながら、ちゅうと吸った。

「あ、ああっ……ダメぇ。そんなにしちゃ……あ、ああっ」

彩音の震えは止まらなくなり、ついには身体から力が抜けた。そのままベッドに、仰向けに倒れてしまう。

それでも航平の舌戯は止まらない。たっぷりの乳肉を揉みながら、左右の乳首を舐めては吸いつづける。

（すごい反応してくれてる……ああ、なんてエッチなんだ……っ）

ようやく結ばれた想い人の艶姿《あですがた》に、航平はもう自分を止められなくなっていた。

4

（ううっ……恥ずかしい。なのに、気持ちよくて……声が我慢できない……）

止めどなくこみあげる乳首からの愉悦に、彩音はすっかり魅了されていた。

（男の人から……ううん、航平さんからおっぱい吸われるのが、こんなにも気持ちがいいだなんて……）

感じるのは愉悦だけでなく、幸福感すらあった。

セックスでこんな感情が生まれるなど、まったくの予想外だ。

「はぁ、ぁっ……ダメぇ……あ、ああんっ」

ダメなどと言いつつも、身体は青年からの快楽を求める。

胸に覆いかぶさる彼の頭を抱えているのが、そのなによりもの証拠だ。

（私なんかにここまで夢中になってくれて……これが愛されるってことなんだ……）

セックスはもちろんのこと、恋愛すらも未熟である。

愉悦とともにこみあげる愛おしさに、全身が火照ってしかたがない。

「ああ……彩音さん……」

航平が再びキスを施してくる。

柔らかい舌が口内に挿しこまれ、ねっとりと動きまわった。

それだけで心地よさは何倍にもなり、彩音を酔わせてくれる。

（私も航平さんに返さなきゃ……うれしいって気持ちをしっかりと伝えたい……）

今度は彩音からも舌をからめた。

拙いながらも彼の動きにならって、唾液ごと求める。

「んんっ……彩音さん、あぁ……すごい……」

航平が驚いたあとで、気持ちよさそうに呟いた。

（私のキスで感じてくれてるんだ……うれしい。もっとしたくなっちゃう……っ）

経験したことのない幸福感と高揚感がこみあげて、彩音はさらに舌を動かした。

クチュクチュと艶《なま》めかしい水音が止まらない。唾液がこぼれて、唇のまわりを汚してしまうが、その感覚すら甘美だった。

（意識がぼおっとしちゃう……気持ちいい……ずっとキスしていたい……）

航平は口づけをしながら、なおも乳房を揉んでは乳首をやさしく転がす。

その柔らかい手つきとこみあげる快楽、キスの心地よさにはまっていく自分がいた。

もっと求めてほしい。自分の身体でいいのなら、すべてをさし出してあげたい。

女の情念が羞恥をはるかにうわまわっていた。

（あぁ……手が滑っていく……これってもう……）

乳房を弄っていた手のひらがゆっくりと下部へと滑っていく。

ウエストや腹部を軽く撫でられると、くすぐったさと同時に鈍い悦楽がひろがった。

たまらず下腹部が動いてしまう。

（触られちゃう……航平さんにアソコを弄られちゃう……っ）

次に愛撫されるのは、もうひとつしかないであろう。

強烈な恥ずかしさに襲われるも、拒否するつもりはいっさいない。

「彩音さん……」

航平が気遣うようなやさしい声色で呟いたあと、そっとショーツの上から切れこみを撫でてきた。

瞬間、快楽が痺れとなって全身を震わせる。

「んあ、あっ……あ、あぁ……くぅ、んっ」

キスを続けることができず、感じるままに嬌声を響かせた。

（な、なんでっ。なんでこんなに感じて……軽く撫でられてるだけなのに……っ）

快楽の強さと深さに驚愕する。

航平はなおもスリスリと縦溝をこすりつづけた。

途切れぬ愉悦の波に股間が揺れる。声を抑えたくても我慢ができない。

「ああ、すごい……いっぱい濡れてる……」

航平がポツリと呟いて、その事実に赤面する。

指の動きに合わせて、淫らな水音が聞こえていた。おそらくショーツには卑猥なシミが描かれているのであろう。

「いやぁ……っ。そんなに触っちゃ……あ、ああっ」

擦られれば擦られるごとに、快楽は大きくなる。

揺れる股間がヌルヌルしているのが自分でもわかった。とんでもなく濡らしてしまっている。

（自分でもここまで感じたことなんてないのに……ここまでヌルヌルにしたことなんて……）

彩音とてひとりの女、性への興味や欲求はある。

淫らなひとり遊びは頻度こそ多くはないが、していないわけではない。

だが、航平にされるのはものが違った。

(これじゃあ、私……直に触られたりしたら、いったいどうなっちゃうの……っ)

間違いなく未知の喜悦が訪れるだろう。

怖い気もするが、それ以上に期待している。

早く布地の中に手を入れてくれないかとすら思ってしまう。

「はぁ……はぁ……っ」

航平が荒々しい呼吸を響かせている。

ぼんやりとした視界に彼の股間が映りこんだ。

その光景に衝撃が走る。

(嘘っ。あんなに大きくなっちゃうの……っ)

パンツを突き破る勢いの盛りあがりは、実際に目にすると圧倒的だった。ときおり、ピクピクと脈動しているのが生々しい。

(あの中のものが……これから私に入っちゃうんだ……)

そう考えるだけで、脳髄が痺れを起こす。痛みの恐怖や緊張をゆうに超える期待とせつなさが、彩音の意識を満たしてしまう。

航平が彩音の顔を見つめている。恥ずかしさから、ぷいとそっぽを向いてしまった。

そのときだった。

「あ、ああ！　ひ、ひぐっ……んあ、っ」

クロッチに忍びこんだ指先が、姫割れの肉膜を弾いた。

あまりの刺激に牝鳴きを響かせる。首がのけ反って喉をさらした。

「うわ……本当にヌルヌルだ……っ」

航平は驚きながら、ゆっくりと指を滑らせる。

大量の蜜にまみれた淫華は、彼の動きに敏感になっていた。軽く撫でられているだけなのに収縮しているのが自分でもわかる。

（いじり方がエッチすぎる……ああっ、撫でられてるだけで気持ちいい……っ）

航平としては慎重に愛でているだけなのであろう。

しかし、彩音にとってはそれだけで、強烈な愉悦となっていた。

腰の動きはショーツ越しのときと比べて格段に大きくなり、華蜜はどこまでもあふれ出る。

恥ずかしさと喜悦がいっしょになり、たまらず航平にしがみついた。

「はぁっ……ダメぇ……気持ちいいっ……気持ちい……いあ、ああっ」

さらに強烈な愉悦に襲われて、甲高い悲鳴を響かせる。

航平が淫膜に指を入れてきた。あまりの喜悦に、尻がベッドから浮いてしまう。

(自分でも中までは入れたことないのにっ。ああっ、中に来てるのがよくわかっちゃう……っ)

発情で敏感になっているせいなのか、指一本挿入されただけでもすさまじい快楽だ。

全身が震えて、牝としての鳴き声が止まらない。

「キツくて……とても熱い……っ。大丈夫ですか？」

航平が赤い顔で心配そうに尋ねてくる。

「だ、大丈夫……です。ごめんなさい……私、本当に気持ちよくて……身体が……あんっ」

言い終わるより先に、航平が膣膜を押してきた。

決して強く押されたわけではない。窺いながらの軽いものだ。

だが、こみあげる喜悦は圧倒的で、腰が浮きながらビクビクと小刻みに戦慄いてしまう。

(これ、ダメっ……感じすぎちゃうっ。気持ちよすぎちゃうっ。こんなこと続けられ

たら、私……っ)

ギュッと瞼を閉じながら、ブンブンと首を振る。

航平の膣内愛撫が徐々に動きを増してきた。指が動くたびに愛液が攪拌されて、グチョグチョと卑猥きわまる音色が響く。

「あ、あうっ……音、立てちゃダメぇ……そんな音、聞かせないでぇ……っ」

「でも、彩音さんのここ、めちゃくちゃ濡れまくってて……ちょっと動かすだけでも音がしちゃうんです」

航平は諦めろとばかりに指を動かしつづける。

膣内のあちこちを弄りつづけられ、特に敏感なポイントを見つけられた。

そこを、航平が集中的に攻めてくる。

「ひい、ぃ! あ、ああっ……ダメっ、そこはダメなのっ。あうっ、んっ……あ、あぁっ」

悦楽の大波が繰り返し押し寄せる。あまりの快楽に、自分がなにを言っているのかすらわからない。

(ダメダメダメっ。イッちゃうから……っ。いきなりこんな姿、見られるなんてダメなのっ)

強烈な羞恥と愉悦とが、彩音を徹底的に追いこむ。

簡単に絶頂する姿を見られて幻滅されはしないだろうか。いやらしくてはしたない女だと軽蔑されはしないだろうか。

「彩音さん、我慢しないでくださいっ。イキそうなら、イッてください。イク姿、僕に見せてください」

航平が愛撫しながら顔をのぞきこむ。

経験したことのない羞恥に襲われ、頭の中が爆発しそうだ。

その意識が、快楽の防波堤を決壊させる。

「ひっ、いぃっ……イクっ……あぁっ、イッちゃうのっ……あ、あぁっ、あぁぅ！」

下腹部で弾けるような衝撃とともに、全身が硬直しながら跳ねあがる。

視界が一瞬、真っ白になった。

(これが……男の人にイカされるってことなの……なんてすごい気持ちよさなの……信じられない……)

媚膜は余韻に浸りながらも、いまだに指をきゅうきゅうと食いしめていた。

蜜壺が、子宮が、なにより彩音自身がさらに航平を欲しいと願っている。

果てさせられた彩音には、もう快楽に抗う余力は残っていなかった。

絶頂する彩音を間近で見て、航平の理性は完全に決壊した。

5

(なんていやらしくて、きれいなイキ顔なんだ……っ)

汗に濡れて粟立つ白肌も、小刻みに震えるたわわな乳房も、すべてが愛おしくてたまらない。世の中にこれほど自分を滾らせるものなど、ほかにありはしないだろう。

(もっと彩音さんのエッチな姿が見たい……もっと彩音さんの身体が知りたいっ)

どれだけみっともなくて下品な姿になったとしても、彩音ならば狂おしく愛せるであろう。

航平は彼女の腰に手をかける。

水色の上品なショーツはクロッチ部分がおびただしい淫蜜でべっとりとしていた。これを彼女が濡らしたのだと思うと、興奮で鼻血が出てしまいそうだ。

「はぁ……あぁっ……な、なにを……」

「彩音さんの全部が見たいです。そうしないと僕、狂ってしまいそうだから……っ」

薄布を強引に引きずりおろした。片脚だけ抜き取って、もう片方の脚に引っかけておく。

むっちりとした太ももをしっかりとつかんで、ぐっと左右に割り裂いた。

「い、いや！　見ちゃダメっ。汚いからっ、みっともないからダメぇ！」

状況を把握した彩音が、羞恥を訴える。

だが、言葉も抵抗も遅かった。

航平の目の前に、彩音の秘部が完全に露出している。

（こ、これが、彩音さんのおま×こ……な、なんてきれいでいやらしいんだ……っ）

ふんわりと盛りあがった恥丘とにじむように茂る繊毛、そして満開の陰唇。それらがすべて大量の蜜に覆われていた。濡れているなどというレベルではない。

「ううっ……も、もういいですか……？」

発情しているとはいえ、性器をまじまじと見られるのは羞恥の極みなのだろう。彩音が脚を閉じようとする。

しかし、航平は許さない。しっかりと彼女の両脚をつかんで、決して閉じないように固定した。

「ダメですよ。まだまだ足りないです。もっと……もっとしっかりと見せてもらわなきゃ」

「くぅ……こんなのの、なにがいいんですか」

口では不平を言ってはいるが、もう隠すそぶりは見られない。申し訳ない気もするが、今は牡としての本能が優先してしまう。

「彩音さんのここ、全然汚くなんかないですよ。むしろ、きれいというか、魅力的というか。美人な彩音さんにぴったりの姿です」

「な、なにを言ってるんですかっ。変なこと言わないで……ああっ」

彩音の言葉は、航平の指遣いで止まってしまう。

指の先で肉ビラをなぞった。思った以上に肉厚で、左右できれいな対称を描いている。少しくすんだ色合が生々しくて、よけいに淫靡な魅力を放ってしかたがない。

上部にふくれている牝芽は、完全に包皮を脱ぎ捨てて、ピンク色の真珠となって露出している。おそらく感度はそうとうであろう。

絶え間なく息づく膣口は、自らクチュクチュと音を立てて卑猥さを振りまいている。収縮するたびに淫らな牝蜜があふれ出し、大きな滴となってゆっくりと会陰を流れていた。

(早奈恵さんや操さんとはまったく違う……ふたりには悪いけど、僕は彩音さんのおま×このほうが好きだ……っ)

もう眺めたりなぞるだけでは物足りない。

航平は今一度、脚をつかみ直した。暴れてもはずれないよう、しっかりと固定する。

（彩音さん、ごめんなさい。恥ずかしいだろうし、もしかしたらいやかもしれないけれど、僕はこうしたいんだ……っ）

淫膜に顔を近づけていく。シャワーを浴びたあとなので、不快な臭いはしない。男を誘う生々しい牝の匂いのみが鼻腔を満たす。

「う、嘘っ……ま、待って……っ」

「待たないです。もう……僕、止められないですっ」

航平はそう言うやいなや、濡れそぼる淫膜に口づけする。

「きゃあっ。あ、ああっ……ダメっ。それだけは、ダメぇっ」

恥辱に声を響かせる彩音だが、航平は無視する。

陰唇を覆うシロップを舌で舐め取ると、今度はヒクつく牝膜に舌先を忍ばせた。そのまま中へと侵入する。

「う、うぅっ……そんなとこ舐めちゃ……あ、あうんっ」

航平の顔を引き剝がそうと彩音の両手が頭をつかむが、愉悦で力が振り絞れていない。ただしがみつくだけだ。

（ああ、本当に熱いっ。どんどんあふれてくるっ）

媚膜は舌戯に歓喜して、舌をきゅうっと締めつける。同時に淫液が流れ出て、口のまわりを濡らした。

生々しい匂いと味がひろがるが、少しも不快には思わない。むしろ、牡欲を滾らせて、さらに欲しいと思ってしまう。

（これが彩音さんの匂いと味なんだ……なんて素敵なんだっ）

もう航平は淫欲に取り憑かれた獣だった。姫割れのすみずみまでをも舐めまわし、湧出する愛液をすする。

多少の苦しさなど、気にも留めない。このまま窒息してもいいとすら思った。

「ああっ、ああんっ。ダメぇ……ダメなのぉ。ああっ、中もまわりもそんな舐めたらぁ……ああ、あうぅ……っ」

彩音の反応が徐々に切迫したものになる。

喘ぐ言葉には甘さが増して、舌足らずな声色に変化していた。

（もしかして、またイッちゃうのかな）

処女なのに手淫に続けてクンニでもイクとなれば、そうとうに感度のいい証拠である。確かめたくてしかたがない。

航平は彼女の脚を肩にかけ、しっかりと固定し直した。

むっちりとした太ももは汗に濡れ、彩音特有の甘く芳しい香りが濃密だ。

(彩音さん、ごめん。思いっきり舐めまわさせてもらいますっ)

航平は舌の動きを一気に速める。ぼおっとした意識では、うまく舐めしゃぶることなど考えられない。本能の赴くままに、大胆に荒々しく舌を乱舞させるだけだ。

「ひぃ、いいっ。ダメダメっ、ダ、メぇっ……はぁ、あっ、ああっ、ああんっ……んぐぅ、うっ」

彩音の腰が再びあがる。尻を浮かせた状態で、下腹部が細かく上下に震えを繰り返す。

(イッてください……僕に、イクおま×こ、口で感じさせてくださいっ)

そう願った瞬間だった。

「はぁ、あああっ。もうダメっ、もう無理っ。イッちゃうのっ、またイッちゃうっ。あ、ああっ、イクっ、イクぅぅ！」

思いきり航平の頭髪を握りしめ、彩音の腰が大きく振れた。下腹部を限界まで突きあげた状態でビクビクと硬直する。

「んぐっ……んぶっ」

プシャっと熱い液体が噴出した。匂いや味はまったくない。まさかの絶頂とともに噴き出した潮だ。

(イキ潮だっ。彩音さん、すごい……どこまでエッチな身体なんだっ)

顔面に浴びせられる牝欲の噴出に、航平は興奮と愛おしさが止まらなかった。

6

二度の絶頂に誘われ、彩音ははぁはぁと荒々しく呼吸を繰り返していた。

全身からは滝のように汗が滴り、自慢の黒髪も濡れてしまう。幾すじかは身体に貼りついてしまっていた。

(私って……なんて恥知らずではしたない身体なの……っ)

まさか初めての閨事で、これほど深い愉悦を得てしまうとは。

相手が思いつづけていた航平で、彼の淫戯が的確だったというのもあるであろうが、それだけでは説明はできない。

(私の身体はエッチなんだ……好きな人に触られたり舐められたら、簡単にイッちゃういやらしい身体……それが私の本当の姿)

自分の中でなにかが変わる気配があった。

身体が身体なので、常に世間から性的な目で見られている自覚はある。それがいやでたまらなく、せめて外では淑女であろうと意識していた。その仮面が今、剝がれ落ちようとしている。

（航平さんに、本当の私を受け入れてもらいたい。今まで隠していて、自分でも気づかなかったエッチな女としての自分を、全部受け止めてもらいたい……っ）

彩音は静かに決意する。自分をさらけ出さないことには、本当に愛してもらえるはずがない。そうでなければ、航平にあまりにも失礼だ。

彼の股間は今も変わらず急峻《きゅうしゅん》となっている。

不安と恐怖に胸がつぶれそうになるが、もうあと戻りなどできないし、その気はない。

「航平さん……」

彩音は吐息まじりに名前を呟き、びっしょりとなった股間を自ら開く。

彼の視線が注がれて、それだけで下腹部が熱を放って悶えてしまう。

「来てください。私に……入れて……」

決死の願いはかすれるような小さな声だ。身体の戦慄きは絶頂の余韻だけではない。

航平の目が見開かれる。半開きの唇からは熱い吐息が繰り返されていた。

「いいんですね……？」

航平の問いにコクリと頷く。言葉で返すだけの余裕はなかった。

（お願い……もう全部あげるから……私とひとつになって）

航平が自分を見つめながらパンツを脱いで、ついに威容を露にする。

その姿に、彩音の全身が固まった。

（嘘っ……お、大きい……っ）

パンツ越しでも感じていたが、ナマで見ると迫力が違う。

指とは比べものにならない太さだった。亀頭は、はちきれんばかりにふくらんで、陰茎には何本もの血管が浮かびあがっている。

（これが私の中に……本当に入るの……？）

恐怖と緊張とが急速に肥大する。シーツをつかんだ手が、カタカタと震えを繰り返していた。

「できるだけ痛くしないようにしますから。どうしても無理なら言ってください」

開け放った股間に身体を進め、反り返った先端を陰裂に添える。

「うあっ……あ、ぁ……航平さん……」

覆いかぶさる彼の腕をしっかりとつかんだ。

いよいよそのときがやってきた。

「入れますね……う、ぅ……っ」

クチュっと粘膜がめくられたあと、強烈な圧迫感がやってきた。想像を超える衝撃に、全身が硬直してしまう。

「うあ、っ……入ってくる……う、ううぅ……っ」

メリメリと隘路を押しひろげられ、たまらずおとがいを反らした。

想像を超える痛みが彩音の身体を貫く。

(い、痛い……痛いよっ。初めてって、こんなにつらいの……っ)

セックスは慣れると、自慰などとは比べものにならない愉悦を得られるという。

だが、破瓜《はか》の苦痛を感じる彩音には、とうてい信じられない。

果たして自分は大丈夫なのか……。

(でも、耐えなきゃ……ようやく航平さんと本当に重なるんだもの。私は、しっかりと航平さんと繋がりたいの……っ)

「彩音さん、大丈夫ですか……いったん抜きますか」

「う、ぅ……ダメです……抜いちゃ、ダメ……」

航平のやさしさをこのときばかりは否定する。

剛直を膣奥まで満たしてほしい。純潔を奪ってもらわなければ。

彩音は必死だった。

ゆっくりと肉棒は自身の奥へと進んでくる。深度が増すごとに苦痛も増して、腕に爪を立ててしまうが、航平は振り払おうとはしない。

やがて勃起の侵入が止まる。まだ奥を満たされている感覚はない。

「彩音さん……このまま突いていいですか？」

「は、はい……お願いします……一気に来ていいです……っ」

いよいよ神聖な部分を開け放たれるときが来た。

彩音はギュッと目を閉じて、その瞬間を待ち構える。

航平が反動をつけるために腰を引く。すぐに肉棒が勢いよく突き入れられた。瞬間、なにかが破れた感覚のあと、下腹部を押しあげる重い衝撃に襲われる。

「くひぃ！ ぐっ……あ、っ……はぁっ……う、ぅ！」

今まで人生で口にしたことのない悲鳴をあげて、カッと目を見開いた。

鋭い痛みは壮絶で、呼吸すらもうまくできない。戦慄く腕を航平にからめて、力の限り抱きしめた。

(私のいちばん奥に航平さんが……っ。痛いし苦しいけど……ようやく来てくれた。ああっ、とても幸せ……っ)

長年守ってきた純潔は、この日を迎えるためだったのだ。

身を引き裂くような苦痛と未知の多幸感に打ちひしがれつつ、彩音は目尻から熱い滴が流れるのを感じた。

強烈な媚膜の締めつけに、航平は歯を食いしばっていた。

(これが処女の……彩音さんのおま×こ。めちゃくちゃ狭いし、ものすごく熱いっ)

彼女が初めて受け入れる男に選んでくれたのは素直にうれしい。いまだに夢ではないかと錯覚している。

だが、今はそんな感動に浸る余裕などない。

(これマズいな……下手に動くと出てしまいそうだ……っ)

彩音の痴態を見つづけて、煩悩は沸騰しつづけている。

そんな中で、処女の蜜壺に包まれているのだ。気を抜くと、すぐにでも射精してしまいそうだ。

「はぁ……ううっ……くぅ、っ……」

彩音は今も小刻みに震えながら、必死に抱きついていた。

震えているのは膣膜も同じである。かすかな蠕動が止まらずに、ずっと肉棒を刺激していた。

(今さらだけど、ゴムをつけていない……絶対に中に出すのだけはマズいぞ)

彼女は人気声優のひとりなのだ。ネットではアイドル的な人気を博している。

そんな彼女がマネージャー相手に処女を散らして、万が一妊娠でもしようものなら、とんでもないことになってしまうだろう。

(射精だけはこらえなきゃ……どうしてもイキそうになったら外に……)

「こ、航平さん……私の中、気持ちいいですか……?」

あれこれ考えていると、彩音が不安そうに尋ねてくる。

眉がたわんで潤んだ瞳はせつなそうだ。真っ赤な顔は汗に濡れ、熱くて甘い吐息が断続的に漏れている。

「気持ちいいです……気持ちよすぎて、ヤバいくらいで……このままだと僕もイキそうで……」

航平は素直に言った。情けないと思われるかもしれないが、ありのままを伝えたほうが彼女は喜んでくれるだろう。

「そうですか……ふふっ……私で感じてくれてうれしいです……」

苦悶を押し殺して、笑顔を浮かべる。

その表情に心臓を射貫かれた。あまりにも破滅的なかわいさだ。

(今、そんな顔されたら……ううっ)

すでに射精欲求は限界に達している。気力だけでこらえている状態だ。今、心を乱されると、腰を引く間もなく果ててしまいかねない。

だが、彩音は航平が極限に追いこまれていることを知ってか知らずか、さらに煽るように懇願する。

「……キスしてください」

半開きの唇で彼女のほうから押しつけられた。制止を求める暇もなく、求められるままに口づけしてしまう。

ヌルリと、熱い軟体が唇を割ってきた。あろうことか、彩音は濃厚なディープキスをせがむ。

「んぶっ……ま、待ってっ。彩音さん、今は……」

「ごめんなさい……もっと航平さんと繋がりたいんです……私、我慢できないです。だって、ようやく好きな人とこうなれたから……もう我慢したくないんですっ」

そう言って、口内を舐めまわしてくる。

動きはぎこちなくて拙いが、彼女の本心はしっかりと伝わってくる。その言葉に嘘などない。

(ダメだっ。もう出る……射精するっ)

想い人の強い願いに、牡欲が爆発する。もうこらえられなかった。

「彩音さん、もうイキますっ」

航平は唇を重ねながら、瞬間的に腰を引く。

が、すぐに腰へ彩音の脚がからみつく。さらには、抜くのを許さないとばかりに、力いっぱいに引き寄せられた。

(彩音さん、なに考えてるんだっ。このままじゃ中に出ちゃうぞっ)

焦る航平に、彩音が叫ぶように言う。

「イッてくださいっ。私でイッてっ。私の中を感じながら、思いっきりイッてっ」

決死の懇願とともにきゅうっと膣膜が収縮する。

もう抗えなかった。

「う、うっ……出る……出るぅ！」

ぴったりと亀頭を膣奥に押しつけながら、猛り狂った勢いで白濁液が噴出した。

「んあっ、あっ……出てるのわかります。ああっ、中ですごくビクビクって……はぁ……っ」

彩音の顔がだらしないほどに蕩けたものに変化していた。他人には決して見せられない、まさに本能に忠実な牝の顔だ。

(ああ、止まらない……っ。まだ出る……うぅ……っ)

射精は自分でも呆れるほどに長く続いて、大量の精液を撒き散らす。狭い蜜壺の中で、反り返りがなんども大きく脈動した。

(初めてのセックスで、お願いされたとはいえ、中出ししてしまうだなんて……)

彩音の聖域を白濁に染めあげながら、航平は自分の罪深さに戦慄した。

7

(熱いのがいっぱいになって……ああっ、ダメなことなのに、私ったら……)

白濁液を下腹部で感じつつ、彩音は自らの卑しさを自覚した。

避妊を無視して挿入を願い、さらには膣内射精まで強制したのだ。はしたなさは愚かとしか言いようがない。

（でも、航平さんの全部が欲しかったから……私を身体の中から航平さんのものにしてほしかったの……）

長い射精がようやく終わり、航平の身体から力が抜ける。

彩音は彼を引き寄せ、やさしく抱きしめた。汗に濡れた背中を撫でて、再び口づけを交わす。もちろん舌を忍ばせ、からめてしまう。

（ああ、好き……こんなに人を愛おしく想ったことなんてない……）

彼からもからめてくれるのが、たまらなくうれしい。

ついには舌を唇で軽く挟んで、唾液ごとすすってしまう。下品な行為かもしれないが、彼を欲する気持ちを満たすのにはまだ足りない。

「彩音さん、ごめんなさい……中に出してしまいました……」

「なに言ってるんですか……出してほしかったのは私です。こんなにいっぱい出してくれて、私、とっても幸せなんですよ……」

キスの合間に会話をし、再び粘膜をからめ合う。

クチュクチュと悩ましい音色が響き、室内を甘ったるい空気が支配していた。その濃度は刻一刻と増すばかりだ。

「んんっ……んあ、っ……ああっ」

互いの淫液にまみれた結合部で、じわりと愉悦がこみあげる。

気のせいかと思ったが、感覚は徐々にはっきりとして、確かな快楽となって全身にひろがった。

(嘘……さっきまであんなに痛かったのに。信じられない……ジンジンしてたのが痛みじゃなくて、気持ちよさに変わってる……っ)

もう膣膜が慣れてしまったというのだろうか。

試しにクッと腰を揺らしてみる。

「うあ、あ！　あ、あぁ……すごい……なに、これ……っ」

こみあげる愉悦は圧倒的だった。今までの快楽が霞《かす》むほどの強烈さだ。

「彩音さん……？」

不審に思ったのか、航平が顔を窺っている。

彩音は羞恥を感じつつも、素直に変化を口にした。

「気持ちいいんです……航平さんに入れられてるのが、気持ちよくて……あ、ああっ……はあ、ぁっ……」

一度感じた快楽を本能が求めてしまう。

グチュグチュと蜜鳴りを響かせながら、腰は緩慢に揺れつづけた。

「彩音さん……本当に感じてるんですか」

航平も信じられないのだろう。目をまるくしている。

「本当なんです……ああっ、腰が……止められないのぉ……」

なんとあさましい反応なのだろう。自分がここまで卑猥な女だとは思いもしない。

（いきなり感じて、自分で動いちゃうなんて……ああ、嫌われたらどうするの……恥知らずな女だって思われちゃう……っ）

いたたまれなくなって、航平から顔を背けた。

だが、下腹部に訪れた変化に気づく。

「う、ううっ……ああ、中が……また押されて……あ、あああっ」

射精を経て萎えかけていた肉棒が、再び漲りはじめていた。

あっという間に剛直となって、蜜壺をパンパンにさせる。

「はぁ……エロすぎですよ、彩音さん。そんないやらしい姿を見せられたら、僕だって……っ」

航平が身体をあげて、真上から自分をのぞきこむ。

瞬間、膣奥に極太の衝撃が襲ってきた。脊髄と脳内を鮮烈な愉悦が駆け抜ける。

「ひぃ、いんっ。気持ちいいっ……ああ、本当に気持ちいいのっ、感じちゃう……はぁ、あっ」

喜悦の威力に身体がのけ反る。たわわな乳房がブルンと揺れて、汗の滴を撒き散らした。

「僕も……ああ、気持ちいいですっ。彩音さんとしてるって考えるだけで、めちゃくちゃ興奮してしまいます……っ」

「もっと興奮してっ。もっと航平さんを感じさせてっ。私はもう航平さんの女だから……私を好きにして……あ、あああ！」

慎重だった腰の動きが、力強いものに変化する。互いの淫液にまみれた結合部から、ブチュブチュと淫猥な音色がピッチをあげた。

（ああっ、いっぱい求めてっ。好きなだけ私で気持ちよくなってっ。こんなはしたない女で喜んでくれるのなら、私はもう全部をさらけ出しちゃうからっ）

絶え間なく襲ってくる快楽に、彩音の理性は崩壊寸前だ。

「あ、ああっ……ねぇ、いやじゃない？　失望してない？　私がこんなにいやらしい女で引いてない？」

「そんなわけないじゃないですかっ。めちゃくちゃうれしいです。本当はエッチなんだって、僕にだけ教えてくれているんですから。美人でやさしくて、そのうえエッチだなんて、もう狂いそうなくらい大好きですっ」

航平の言葉は間違いなく心からの叫びだ。

快楽に打ちひしがれながら、女の恋情がますます燃えさかる。

(航平さんが喜んでくれている。私がいやらしくてはしたない女だってことを受け入れて、それが大好きだとまで言ってくれている……っ)

その事実に、理性はついに決壊した。

卑猥な本性を好いてくれるのならば、なにも隠す必要などない。

経験したことのない解放感が押し寄せて、彩音はついに痴女と化した。

「突いてっ、もっと突いてっ。私の中を、私自身をグチャグチャにしてぇ！」

航平の身体にしがみつき、自らも腰を振りたてる。

互いの性器がぶつかり合っては擦れ合い、粘着音が絶え間なく響きわたる。

結合部から漂う発情臭は濃厚で、嗅ぐだけで目眩がしそうだった。

「ううっ、彩音さんっ、僕、もう止まれないですっ」

航平のピストンは振幅を大きくしてくる。

貫かれる衝撃は先ほどまでの比ではない。

もはや唇は閉じることができず、淫らな牝の叫びを放つことしかできなかった。

航平は彩音の求めに応じて、必死に腰を振りつづけた。

額やこめかみからは汗の滴が垂れ落ちる。全身がびっしょりだ。

(彩音さんがこんなにも僕を求めてくれているんだっ。止まるわけにはいかないっ)

気だるさや疲れなどは感じない。感覚が麻痺しているのかもしれない。

それほどまでに航平はもう彩音に夢中になっている。

「ああっ、あああ！　気持ちいいのっ、おかしくなるっ、狂っちゃう！」

狭い室内に彩音の甲高い嬌声が響きわたる。

彼女の白い裸体も汗にまみれて濡れている。

ぼんやりした灯に照らされた身体が妖しく照り輝いているのが、たまらなく美しかった。

(おっぱいがこんなに弾んで……っ)

上下左右に揺れ動く乳房をつかみ取り、本能の赴くままに舐めしゃぶる。

ヌルヌルになった豊乳は、柔らかさも相まって極上の揉み心地だ。

乳首は相変わらず硬くとがっていて、汗の塩気が美味だった。

(しょっぱいだけじゃない。ほんのりと甘いような……ああっ、ずっとしゃぶってい

たい）

無意識に舌の乱舞は激しくなっていた。乳首はもちろん乳暈も、そのまわりの乳肉までをも大胆に舐めまわす。

さらには唇を大きく開けては挟みこみ、じゅるると音を立てて吸引した。

「んひ、いぃ！　お、おっぱい……すごいよぉ、おっぱいも気持ちいいのっ。ああっ、もっとペロペロしてっ、いっぱい吸ってぇ！」

乳房の愉悦に牝鳴きし、彩音が頭を押さえつけてくる。

こみあげる快楽の激しさを訴えるように、荒々しく撫でてきた。かきむしっていると言ってもいい。

（あの彩音さんがセックスでこんなにも乱れるなんて。ううっ、興奮でもう頭がおかしくなりそうだっ）

ペニスの突きこみは苛烈なものになっていた。漏れ出る愛液とにじみ出る汗とで、バチュバチュと上品とは言えない打擲音が響きわたる。

「ああっ、ああうっ、うあ、ああっ……ダメぇ、ダメダメぇ！　すごいのが……すごいのが来ちゃうっ。ああっ、あああんっ、航平さん、来ちゃうよぉ！」

彩音の叫びが切迫したものになる。

肢体がビクビクと痙攣し、媚膜が強い収縮を繰り返していた。

(彩音さん、中イキするのかっ)

ついさっき処女を散らしたばかりなのに、蜜壷で絶頂するとはにわかには信じられない。

しかし、彼女の反応は間違いなく喜悦の果てに向かうものだ。

白い身体に鳥肌がひろがっていく。しがみつく手に力がこめられ、やがて思いきり爪を立ててきた。

「我慢しないでくださいっ。おもいっきりイッてっ。僕とのセックスでイッてください!」

愛しい女を性交で果てさせる。これほどまでに幸福で尊いことがあるだろうか。

彩音はギュッと目を閉じながら、余裕なさげにコクコクと頷いた。

ググっと顔を引き寄せられる。閉じることを忘れた唇から舌が伸びて、すかさず口内に挿しこんでくる。

「んあ、あっ……んぐっ、んんんっ……んふぅ!」

必死に口内で暴れまわる柔舌に、航平も熱烈に応じる。

キスと言うにはあまりにも荒々しい。言うなれば、口腔粘膜の貪り合いだ。

唾液を交換し合って混ぜ合わせ、こぼれ落ちてもかまわず続ける。

もはやふたりは本能をむき出しにした卑しい獣になりはてていた。

「んぐっ、んぶっ……んあ、ああっ、もうダメ！　もう無理ぃ！　あ、あああっ、イクっ、イッちゃう！　こんなの無理！　あ、あああっ、はぁ、あああ！」

牝の叫びを迸らせたあと、彩音の身体が大きく跳ねた。二度、三度と跳ねつづける。

脚と腕とに力がこめられ、決して離れるものかとしがみつく。

（ううっ、すごい……っ。こんなイキ方をしてくれるだなんて……っ）

快楽の極致へと飛ばされた彩音をしっかりとつかみつつ、航平は朦朧《もうろう》とした意識で、果てる彼女を見つめつづけた。

8

絶頂の余韻はなかなか引いてはくれなかった。

意識も視界もぼんやりしている。それでも、目の前で自分にとってかけがえのない青年が見つめていることはわかった。

「彩音さん、大丈夫ですか？」

心配そうに言ってくる航平だが、彼の吐息も熱くて荒い。

(中でビクビクしているのがわかる……まだ航平さんはイッてない……)

先ほどの膣内射精は言ってみれば暴発だ。それに、挿入で喜悦を得られるようになった今こそ、彼の絶頂をしっかりと感じたい。

「航平さん……続けていいんですよ……」

震える指でそっと彼の頬に触れる。

予想外の言葉だったのだろうか。航平はぽかんと口を開けて絶句している。

「航平さんの、すごく震えているじゃないですか。もっと気持ちよくなりたいんじゃないですか」

「で、でも……彩音さん、もう息が絶えだえじゃないですか」

(本当にどこまでもやさしい人……そういうところに惹かれたのよね)

彩音は落ち着かない吐息を響かせながら、なんとか微笑みを向けてやる。

「ダメですよ……もっと気持ちよくなってくださいって、好きにしてくださいって言ったじゃないですか」

自分に獣欲を抱くのならば、好きなだけ貪ってほしい。ここまで自分を落としたのだ。航平とならば、さらなる快楽の奈落へ落ちていきたい。

（はぁ……ダメ……イッたばかりなのに、入れられてるだけで感じちゃう……）

肉棒からの圧迫に、甘くて妖しい疼きがこみあげてくる。

疼きはすぐに股間の揺らぎに変化した。汗と愛液にまみれた結合部からクチュクチュと卑しい音色が聞こえてくる。

「はぁ、はん……気遣いのつもりなら間違っています……私は……まだ航平さんを感じたい。航平さんにまたいちばん奥でイッてほしいんです……っ」

グッグッと腰をしゃくりあげる。

蜜壺のすべてで航平を感じたかった。膣奥に彼の感覚をたたきこみたい。

「ううっ……彩音さん、うくっ」

「お願いします、もっと来て。もっと……私を航平さんで狂わせて」

愉悦とせつなさとがない交ぜになって、彩音の言動をさらに大胆にさせる。

もう自分は痴女以外の何者でもない。快楽と牡液とをせがむ卑しい牝だ。

「彩音さん、いいんですね。僕、イクまで本当に止まりませんよ」

航平の言葉にゾクリとした。今まで以上の本能を、たたきつけると言っているのだ。

それは彩音にとっては、渇望している歓喜である。

「いいんです……っ。イクまでずうっと突いてください。私が泣き喚いたとしても、かまわずいっぱい……きゃっ」

言い終わるより先に、航平が彩音の身体を反転させる。

うつ伏せにさせられたと思った刹那、腰をつかまれ尻を突きあげさせられた。

「はぁ……はぁ……彩音さんが言ったんですからね。本当に、どんな反応したとしても、僕はイクまでやめませんから。泣いても気絶しても突きつづけます！」

宣言されると同時、突き出した股間を一気に貫かれる。

「んあ、あああ！　うあ、ぁ……あ、ああっ、すごい……うぅぅ！」

突き入れは宣言どおりに荒々しくて一方的だった。まるで性欲処理の道具にさせられているかのようだ。

(奥にいっぱい来るっ。ああっ、ガンガンぶつけられてるのぉ！)

亀頭が少しも威力を弱めることなく、最奥部を穿ちつづける。

パシンパシンと濡れた肉同士の打擲音と、彩音のはしたない喘ぎが響く。

きっと淫華からは牝液がかき出されては、内ももを伝って滴り落ちていることだろう。

(こんな格好でセックスさせられて……これじゃあ私、本当に動物、獣だわっ)

後背位はまさに獣の交尾である。犬や馬などと同じではないか。

（奥を抉られながら、お尻も見られて……ああっ、恥ずかしいっ。本当に動物扱いされてるっ）

ポルノの類《たぐい》を見聞きして、こういった体位があるのは知ってはいたが、いざ自分がやるとなると、見ていた以上に恥ずかしい。羞恥心から逃げるように、顔を枕に押しつける。

「彩音さんのお尻、大きくてまるくて……ああっ、なんてきれいなんだっ」

腰を強く打ちつけながら、むっちりとした尻肉を撫でられてはこねられる。

それだけで挿入とは異なる悦楽がこみあげた。種類の異なるふたつの愉悦に、もう彩音は翻弄されるしかない。

「ああんっ、ああっ……これ、すごいのっ。すごくいいところに当たって……ひあ、あぁ！」

航平が角度を変えて極太の楔を打ちこんでくる。膣内の特に敏感なポイントを攻められた。

喜悦の鋭さと激しさに、意識が飛びそうになるのを必死でこらえる。

「ああっ、ヤバいっ。なんて気持ちいいんだっ。本当に腰がもう止まらない……っ」

腰ではなく尻肉をギュッとつかんでのピストンは、彩音を支配しようとする牡としての本能だ。

ふだんはやさしい彼が見せる、獰猛な獣としての振る舞いに、ぞくぞくと感動してしまう。

(もうなにもかも忘れちゃう。仕事のことも恥さえも。気持ちいいことしか考えられないっ)

今さら上品ぶるつもりなど毛頭ない。自分もはしたない獣なのだ。本能に忠実で、犯されることに喜びを感じてしまう卑しい牝だ。

彩音の中で、人として決定的ななにかが壊れていく。

「ああっ、ああう！　おち×ちん、いいのっ。おち×ちん、すごいよぉ。壊してっ、めちゃくちゃに壊してっ。おま×こ、ぐちゃぐちゃにしてぇ！」

これまでの人生で一度として口にしたことのない強烈な単語を叫んでしまう。

背後で航平が驚いて、息をつまらせているのがわかった。

それでも彩音はもう止まれない。

「おま×こ、気持ちいいのっ。気持ちよすぎるの！　こんなの無理っ。狂っちゃう！

あ、あああっ……きゃはぁ！」

恐ろしいほどの快楽が打ちつけられて、卑猥な叫びは悲鳴と化した。

航平の突きこみが一気に暴力的なものになる。彩音への気遣いをいっさい無視した、本能だけに正直な掘削だ。

「壊しますからっ。おま×こも彩音さんもめちゃくちゃにします。ううっ、くぅ！」

もはや航平も狂っている。精液を注ぎこむという牡の存在意義に驀進《ばくしん》していた。

(もうダメぇ……なにがなんだかわからない……っ)

悦楽は留《とど》まることを知らず、絶え間なく彩音に押し寄せていた。腰を打ちつけられるたびに、絶頂を迎えている気すらする。

喘ぎ声は絶叫となり、彩音はもはや錯乱状態だ。

尻を突き出す力すら失って、べチャリとシーツに崩れ落ちてしまう。

(もう無理……これ以上、気持ちよくなんてなれない。これ以上は本当に狂っちゃう……っ)

だが、猛り狂った航平から逃れられるはずがない。

うつ伏せの状態で、勢いよく剛直を振りおろしてくる。

「んぎぃ、ぃ！　が、はぁ……ダメっ、今はダメ！　ひっ、ひぃ、ぃ！」

うつ伏せになることで下腹部が圧迫されていた。そこに肉棒を打ちこまれれば、喜悦はもう破滅的だ。

「待たないです！　待てません！　このまま中に……くぅ、ぅ！」

休むことなく媚肉をえぐられ、膣奥を押しつぶされる。

暴力的な喜悦に喚き散らした。しかし、なにを言っているのか、自分ですらわからない。襲ってくる壮絶な快楽に、狂ったように頭を振り乱した。

「ああっ、もうイク……彩音さん、もう出しますっ」

航平が告げるやいなや、腰の前後運動はさらに速まる。

彩音は反応できなかった。自身もまた、恐ろしいほどの絶頂が迫りつつある。

（とんでもないのが来ちゃう。狂うなんてもんじゃない。こんなの、死んじゃう！）

指が折れるかと思うほど、ギリギリとシーツを握りしめる。

全身の痙攣が止まらなかった。身体中から滝のように汗が噴き出る。

「うあっ……出るっ、ぐう、ぅ！」

今日いちばんの強烈な突き入れに襲われて、瞬間、灼熱の白濁液が注ぎこむ。

激流となった精液が、膣壁と最奥部にぶつかった。

その感覚で、彩音のすべては快楽に押しつぶされる。

「く、はぁ！　あ、ぐぅ……うぅ、う！　――っ」

想像をはるかに凌駕《りょうが》する絶頂は、もはや声を発することすら許さなかった。

全身の筋肉がひきつけを起こしたかのように激しく痙攣し、少しの自由も利かない。

（こんなの知らない……嘘でしょう……セックスってすごすぎる……）

自らを崩壊させた悦楽は、やがて意識を遠のかせる。

すべての感覚があやふやになり、視界と脳内とがじわじわと暗転した。

（航平さん、ごめんなさい……もう私……無理……）

背中に倒れる航平の熱い肌のみを感じつつ、彩音の意識はふっと消えた。

9

しんと静まり返った室内は、先ほどまでの淫宴が嘘のようだ。

だが、あれは幻などではない。証拠に、隣では裸の彩音が航平の腕を枕にして、ぴったりと身を寄せている。

彼女は心の底から満足そうに、柔らかい表情を湛えていた。

「本当にすごかったです……言いすぎでもなんでもなく、死んじゃうかと思った」

「すみません……やりすぎましたよね」

航平がそう言うと、彩音はふるふると首を振る。

艶やかな黒髪が揺れ、甘い香りが漂ってきた。まさに至福の芳香だ。

「うれしかったです。私なんかを好きだと言ってくれて、あんなに一生懸命求めてくれて……」

「彩音さんは自分を卑下しすぎですよ。僕は彩音さんだから、ひとめ惚れしたんです。だからエッチでも、その……わけわかんなくなるくらいに興奮しちゃって……」

航平の言葉に、彩音がふふっと小さく笑う。

クッと顔を寄せてきた。

「私、航平さんに、好きになってもらえて、本当によかった……」

そう呟いてから、そっと唇を重ねられた。

セックスのときとは違う穏やかなキスで、お互いの想いを確かめ合う。

柔らかい唇と甘い舌に、航平の意識が徐々にとろけはじめた。

しかし、彩音はゆっくりと舌を抜き取ると、ひとつだけ聞きたいと、質問を投げかけた。

「どうして航平さんは、あんなにもエッチが上手なんですか？」

言われて、言葉に窮してしまった。そもそも、性戯に長けている自覚などない。

「……航平さん、もしかして……そうとう、女の子と遊んでます？」

恋する少女のような可憐な顔に、女の黒い感情がにじみ出る。それは垂らされた墨汁のようにじわじわとひろがって、やがて表情は硬いものへと変化した。

「い、いや……女遊びなんか……」

しかし、脳裏には早奈恵と操の姿がちらついていた。

ふたりとの関係は爛れた女遊びにほかならない。

(彼女たちとの関係は絶対にバレちゃいけないっ。これは必要な嘘なんだっ)

不審がる彩音をしっかりと見つめる。

なんとか信じてもらわなければ……。

「……まぁ、私とこうなる前のことはもういいです。これからは私だけを見てくれますよね？」

「もちろんですっ。もうほかの女の人となんてっ……あ」

しまった、と思ったときには遅かった。

彩音の整った眉がピクリと動く。全身から怒りにも似たオーラが漂いはじめた。

「やっぱり……ううっ」

彩音はおもしろくないとばかりに呻くと、勢いよく起きあがり、かぶっていた毛布を剝ぎ取った。

軟体と化した航平のペニスをむんずとつかむ。続けて、擦過しはじめてしまった。

「ちょ、ちょっと、彩音さん……っ」

「今までどんなことしてきたんですか。女の子たちとどんなエッチしてたんですか」

眉尻をつりあげる彩音は、激情に身を任せて陰嚢までをも揉みまわす。

触れられたことで、ペニスは徐々に勃起と化していく。手筒の擦過が少々痛いが、言うに言えない状況だ。

「……私だけのおち×ちんなのに……くやしいっ」

彩音がそう叫んだ刹那、航平は訪れた刺激と眼下の光景に目を見開いた。

勃起を彩音が咥えていた。亀頭をのみこみ、肉茎の中腹で唇を締めている。

熱くとろけた粘膜で、たまらず愉悦がこみあげて、無意識に勃起は脈動してしまう。

「きゃっ。はぁ……うぅ」

予想外の動きだったのだろう。彩音はびっくりして肉棒を吐き出すと、恨めしそうに、ビクつくそれを見つめている。

「……教えてください」

「……え？」

なにを言っているのかわからず、キョトンとすると、彩音の視線が向いてきた。激情を宿した鋭い瞳だ。

「私にもっとエッチなことを教えてください。私とはまだしていないエッチなこと、いっぱいありますよね。それを全部やらせてください」

「い、いや……いきなりしなくても……」

「いやですっ。航平さんがしてきたことやされてきたこと、まだしていないけどしてみたいこと、全部しますから。いっぱいエッチしてうまくなって、今までの女たちなんて、きれいさっぱり忘れさせてあげますっ」

(彩音さん……めちゃくちゃ嫉妬してる……)

話には聞いていたが、これほど嫉妬深いとは。その迫力には太刀打ちできない。ただ同時に、かわいくて愛おしいとも思ってしまう。自分にここまで必死になってくれているのが、純粋にうれしい。

「……早くしてください。どうしゃぶれば気持ちよくなってくれますか」

ぶっきらぼうに言っているが、その顔には朱色が混じっている。

航平は少しだけ苦笑した。彼女の希望ならば、しっかりと受け入れなければならない。

「じゃあ……まずは裏側をゆっくり舐めてもらえますか」

航平の指示に彩音は素直に従った。ペニスをたっぷりと舐めまわし、えずくのを我慢しながら喉奥まで勃起をのみこむ。

そのあとも卑猥なレクチャーは続いて、互いに激しく求め合った。

夜が明け、朝の陽が出て、昼を過ぎても終わらない。力つきて寝落ちても、目を覚ませば続けてしまう。

結局、一日以上もの時間、航平たちは愛欲を貪ったのだった。

エピローグ

夜風はすっかり春の様相を呈していた。

街の木々は萌《も》え、桜の蕾はピンク色を湛えてふくれている。

それらを見あげつつ、航平は家路についていた。

(思えばあの頃は、季節の移り変わりに意識を向けている余裕なんてなかったなぁ)

三年前の記憶がよみがえる。

航平はあの頃、声優のマネージャーをしていた。

長時間の勤務に、土日祝日はつぶれて当たり前という世界は、今にして思うとなかなかにブラックだ。

産業向けの特殊機械を卸売する今の職場では考えられない。

だが、声優業界にいたことに後悔はない。特殊な業界ゆえに、あの仕事でなければ経験できないことも多かったし、なにより、航平はあの仕事が好きだった。

(それに……マネージャーをしていたからこそ、今、こうしていられるんだ)

左手に視線を落として薬指を見る。プラチナの指輪が銀色に輝いていた。


「ただいまぁ」

航平は玄関のドアを開け、リビングにいるであろう妻に言う。

案の定、パタパタとスリッパの音が近づいてきた。

リビングのドアが開かれて、柔和な笑みを湛えた妻が現れる。彩音だ。

出会った頃と比べても、美しさは変わらない。むしろ、家庭的な雰囲気が加わって、さらに魅力的だと思う。長かった髪はボブカットに変わったが、彼女にはよく似合っている。

「おかえりなさい。お風呂は沸いているけど、ご飯も食べられるよ。どっちを先にしたい?」

「んん、いつもどおり、お風呂かなぁ」

「了解。じゃあ、私は台本読んでるからねぇ」

彩音はそう言うと、用意していた下着を手わたして、リビングへと戻っていく。

（そうか。海外ドラマのアフレコが始まるって言ってたもんな）

航平の妻になってからも、彩音は声優として活動を続けていた。

アニメの仕事は減り、あってもサブキャラクターがほとんどのようだが、代わりにドラマのアフレコやナレーションの仕事が順調だ。

（やっぱり彼女にとって、声優の仕事は天職なんだろうな。毎日が充実しているようで、見ているこっちもうれしいよ）

そんなことを思いつつ、航平は寝室のクローゼットにスーツをしまった。

ふと、並んだふたつのベッドに目を向ける。

航平の枕の隣に、彩音の枕が置かれていた。結婚当初からの秘密のサインだ。

（……三日、いや二日前にしたばかりなんだけどな）

航平はひとり苦笑して、風呂場へと向かった。

彩音の手料理を食べてから、ふたりでソファに座ってテレビを見る。

見ると言っても、ただつけているだけに等しい。それぞれにスマートフォンを眺めたり、他愛のない会話をするのがメインだ。

「それでね、行本さんがお願いできないかって言うんだけど」

「いい話じゃんか。こっちからお願いしたいくらいでしょ」

彩音にCMのナレーションの話が来ているらしい。誰もが知っている大手企業のものだ。全国放送のテレビはもちろん、インターネットでも流れるらしい。

「しかし、主任……じゃなかったか、えっと、エグゼクティブマネージャーも相変わらず仕事がすごいね」

早奈恵は今も事務所でマネージャーを続けている。肩書は変わって、長い横文字になっていた。なんでも、取締役待遇らしい。

（さすがだな。あんなに気持ちよく送り出してくれたんだから、僕もがんばらなきゃな）

航平が退職するとき、早奈恵は祝福するかたちで見送ってくれた。

彼女の気持ちに応えられなかった罪悪感は今も消えることはないが、お互いにそれぞれの道をしっかりと歩んでいるのだから、これでよかったのであろう。

ふと、つけっぱなしのテレビを見る。

大ヒットしているアプリゲームのCMが流れはじめた。秀麗なモデリングで描かれた美少女たちが、競馬場のコースを走っている。

「このゲーム、ものすごい人気よね。これにもね、うちの若手筆頭の子、操ちゃんが出てるのよ」

まるで自分のことのように、彩音はふふんと胸を張る。

操は今をときめく人気声優に成長していた。アニメやゲームはもちろんのこと、浜《はま》松町《まつちょう》のAMラジオ局で番組まで持っているらしい。

(操さんもよかったなぁ。あれだけがんばれる子なんだから、この先も大丈夫だろうな)

「ただね……その……これはあくまでも噂《うわさ》なんだけど……」

とつぜん、彩音が声を小さくして言った。

なんだろうと思って耳を近づける。

「じつは行本さんと操ちゃんが……デキてるっていうか、そういう関係なんじゃないかって噂があってね……」

(……思い当たる節はある……というか、ありすぎる。たぶん、その噂は本当だな)

三年前のあの淫宴を思い出す。ふたりはあのとき、心も身体も通じ合っていた。ひとときの感情ではなかったのであろう。

「いいんじゃないの、同性同士で愛し合おうが。今はそういう恋愛も認められる時代だよ」

自らの発言は嘘ではないが、真意は別のところにあった。

(この話題はちょっとマズい……万が一、彼女たちと3Pしたのがバレたら、嫉妬なんてレベルじゃ済まなくなる……っ)

彩音の嫉妬深さは、この三年間でよくわかっている。嫉妬を感じてしまったら最後、本当に面倒くさいことになる。

(なんか新しい話題に変えないと……って、もう時間じゃないかっ)

時計は夜の九時をまわろうとしていた。手もとにあったテレビのリモコンを操作する。チャンネルを変えると、ちょうど目当ての旅行番組が始まった。

別に番組内容に興味があるわけではない。彩音のナレーションを聞くためだ。

「もうちょっと音量をあげようか」

傍らにいる彩音に声をかけてから、リモコンのボリュームボタンを押そうとした。

だが、なぜか彩音がリモコンを奪い取ってしまう。さらにはテレビを消してしまった。

「ど、どうしたの。自分のナレーションを……うわっ」

航平が彩音に向くと同時、うしろへと押し倒される。すぐに彩音が覆いかぶさってきた。その笑顔が蠱惑的で、たまらずゾクリとしてしまう。

「あの番組は毎週やってるし、録画もしてるんだから……リアルタイムで見る必要はないよ」

澄んだ瞳に情欲の色がにじみ出ていた。それが徐々に濃度を増してくる。

「ねぇ、航くん、ベッドの枕は見てくれたよね……？」

つき合いはじめて少しした頃からの呼び方は今も変わらない。

そして、彩音から情事を誘うときの強引さも変わっていない。

「見たよ。見たけど……おととい、したばかりじゃないか」

「そうだよ。けれど、いつも言ってるじゃない」

彩音の唇が耳もとに添えられる。発情した女の甘い吐息が撫でてきた。

「私は毎日でも航くんとしたいの。これでも抑えているんだからね」

股間を手のひらが覆い、慈しむような手つきで滑りはじめた。

彩音の触れ方はあまりにもうまい。すぐにペニスへ血液が集中してしまう。

「私がここまでエッチな女になったのは、全部航くんのせいなんだからね。だからそのお返しに……ふふっ、一生搾り取ってあげる」

言動はまさに痴女のそれである。

だが、こんな姿は航平だけしか知りえないし、彩音も航平だから見せてくれるのだ。

情欲と愛情を宿した瞳で互いを見つめ、濃厚にキスをする。
ビジネスパートナーだったふたりは、今は人生のパートナーだ。
その幸せを互いに噛みしめ、繋がりと交わりを繰り返す日常に酔いしれた。

◎本作品の内容はフィクションであり、登場する個人名や団体名は実在のものとは一切関係ありません。

◉新人作品**大募集**◉

マドンナメイト編集部では、意欲あふれる新人作品を常時募集しております。採用された作品は、本人通知のうえ当文庫より出版されることになります。

【応募要項】 未発表作品に限る。四〇〇字詰原稿用紙換算で三〇〇枚以上四〇〇枚以内。必ず梗概をお書き添えのうえ、名前・住所・電話番号を明記してお送り下さい。なお、採否にかかわらず原稿は返却いたしません。また、電話でのお問い合せはご遠慮下さい。

【送付先】 〒一〇一-八四〇五　東京都千代田区神田三崎町二-一八-一一　マドンナ社編集部　新人作品募集係

推《お》しの人気《にんき》声優《せいゆう》　深夜《しんや》のマル秘《まるひ》営業《えいぎょう》

二〇二二年　四　月　十　日　初版発行

著者◉羽後　旭【うご・あきら】

発行◉マドンナ社
発売◉二見書房　東京都千代田区神田三崎町二-一八-一一
電話　〇三-三五一五-二三一一（代表）
郵便振替　〇〇一七〇-四-二六三九

印刷◉株式会社堀内印刷所　製本◉株式会社村上製本所　落丁・乱丁本はお取替えいたします。定価は、カバーに表示してあります。

ISBN978-4-576-22038-3 ◉ Printed in Japan ◉ ©A.Ugo 2022